U0037388

到底想成為做什麼事的人

李 瀧

目　次

我是在NAVER上搜尋得到的人

（登場）

大家好。（彎腰鞠躬問好）

我叫李瀧。剛剛我和大家問好的樣子是否很拘謹？因為我太緊張了。如果今天是一個普通人，要他站在舞台上面對底下的觀眾，一樣會緊張，對吧？所以我當然也會緊張囉！今天，我刻意穿得很漂亮，是名牌女裝，可是我還是很緊張。本來想把手插進口袋，故作輕鬆，但這名牌貨竟然沒有口袋。我買這件衣服的時候，花了好一番時間拆掉裡面的內襯，不愧是名牌，衣服的裁縫做得特別好，超難拆的。既然廠商有時間做內襯，怎麼不順便縫個口袋？你看，沒口袋吧。再來，看看裡面的這件衣服，有看到嗎？這件不是名牌，可是它也沒有口袋。到底為什麼女裝都不做有口袋的衣服？這些（小抄和筆）我該放哪？我的手又該擺哪？還有，我的手機也沒得放，總之，我先把這些東西插在這好了（夾在腋下）。

我是李瀧，相信台下還有一些人不認識我。

這是現代社會藝術家的陷阱，有些人不知道自己在做什麼卻很知名；也有些人想讓自己變得有名而去做些什麼，結果還是不有名。我大概是屬於第一種人，至少到 NAVER[1]搜尋欄打上我的名字，還能出現我的相關資訊，這可是我家人的驕傲！我花了二十幾年，終於能在NAVER搜尋「李瀧」兩個字找到自己。以前打上「李瀧」兩個字，只會出現「紅蘿蔔和[2]青椒要多吃才會健康嗎？」總而言之，現在搜尋我的名字就會出現我的照片和職業，大家有看到了嗎？網頁顯示我是歌手、電影導演。

　　沒錯。NAVER 說是那就是吧！韓國有NAVER，美國則有 Google 大神，就這樣吧！照片拍得不錯吼？這張好像是拍攝某雜誌的時候拍的照片，「幾乎」沒有修過圖。我出過唱片，寫過書，也參與過各種雜誌拍攝與訪問。其實我很不習慣別人拍我，每次攝影師要我試著擺這樣那樣的姿勢，我都說：「這我不會，那我不行」，總是拖很久，照片也拍不好。這時，金元中──

---

① NAVER 為韓國的搜尋網站。
②李瀧的韓文寫法「이랑」與韓語連接詞「－이랑（和）」字型是一樣的。

一位模特走了過來，隨便轉個頭走幾步，五分鐘就拍完了。我明白了，當我一直否決說不行的時候，只會增加自己痛苦的時間，模仿一個很會擺姿勢的人，跟著擺一擺，迅速解決這段痛苦的時間，不是更好嗎？

在那之後，若有攝影的行程，我就跟著模特擺個頭，每隔幾秒換個角度啪啪啪，手扶著腰，隨便走幾步，居然還被攝影師稱讚：「很好，很好」。

現在，我仍不喜歡站在舞台上，一樣非常緊張。今天來的路上，手直直冒汗，下巴快脫臼似的，心臟也撲通撲通地跳。可是，一旦站上舞台，我勢必得做些什麼，因為大家期待我做些什麼。因此在一個月前，我就開始寫今天上台要說的腳本，寫完後，常常一邊洗碗一邊背誦，甚至今天搭計程車的時候還在背腳本。現在我說的每一句話都有寫在腳本裡（拿起腋下的小抄給大家看）。你們是否都覺得這些是即興表演？不，這都是有準備的。很驚訝吧？

哈哈哈，我就是一個會做這種事的人。

啊……你好……
我……我叫

▌記得我們的對話

我是一位記憶天才，擅長記事，以及與人之間的對話。

大學選修金英夏小說家的寫作課程，當時的一項作業讓我開始記下每一個對話。那項作業老師要我們偷偷錄音，並記載當時的地點與人物。為此，我特地去搭了地鐵。我站在兩位老奶奶面前假裝在看書，把錄音機夾在書裡錄製他們約 20 分鐘的對話。我假裝看書是為了不讓他們發現我在偷偷錄音。在現場，我其實沒聽清楚他們之間的對話是什麼。下站後，我到網咖輸出錄音檔到電腦，輸出後大概聽了十幾遍，還是不能理解他們在說些什麼，他們的對話如下：

「喔！這不是里門洞的小矮子奶奶嗎？」
「因為她還是個孩子」
「孩子和爺爺。」
「確定在鍾路嗎？」
「知道還問。」

　　到底是什麼意思，不得而知。總之，先照著錄音檔寫了下來。大概聽了二十遍還是不知道兩位奶奶在說什麼。整段對話一直在我腦海中旋轉。突然想起，他們好像是在講在我後面坐著的那位小姐被鬼附身的樣子，而那位小姐應該是兩位其中一位的女兒或孫女。那位小姐莫名被鬼附身，兩位奶奶為了幫她驅鬼，到處在找算命師。得知對話的意思後，我找到剛剛分段對話內容的連結性了。內容雖然破碎，可是所謂的對話，即使眾說紛紜，但只要彼此能了解對方的意思，就能一直延續。這是一個非常衝擊有趣的經驗，所以自從那天起，我開始記得並蒐集大家的對話。有時候會錄音，有時候會筆記，現在通常是寫下來。

　　依靠記憶和筆記，我寫了很多文章，這些文章變成了一部電影。彙整那些與我擦身而過的人們說的一些話，甚至還會跟在後面撿拾更多的對白。今天我記錄的是整型外科物理治療師之間的對話：

　　「崔護士，15 號鞍馬不行嗎？」

「啊！他有點怕生。」

「男的？」

「天啊！李護士，越來越懂囉！」

▌鏡子中的大鏡子

　　我愛上了鏡子，現在我隨時隨地都需要一個大鏡子，所以我在房間裡放了超大面的鏡子，大概有兩面。要說它有多大？差不多是學校或高樓大廈的一樓大廳裡，左邊寫著「祝入住」並在下方擺著企業公司或團體名稱的那種大鏡子，整整比一般少女使用的全身鏡子大了三倍。

　　我會愛上鏡子，大概是想時時刻刻確認自己的存在。之前，我在朋友家寄住了一個月左右，他家的洗手間裡沒有鏡子，每次我在洗手間洗臉或洗澡的時候都感到很不安，因為在那裡我看不見自己，看不見正在洗臉和洗澡的自己。在看不見的狀態下清洗我自己，這比被關在黑暗房間裡還要恐怖。這些人怎麼可以活在一個洗手間沒有鏡子的家？早上起床不看看自己的臉，就直接出門嗎？

　　看著鏡子，我可以發現早上、晚上，昨天以及今天，每天的樣貌都不一樣。某幾天我可能會醜到無法出門；有時候我外出回來照照鏡子，又

會被自己驚艷。無論是臉色或臉型，每天都在改變。我的左臉比右臉的線條更美，也許是因為平時吃東西都用右邊咀嚼，導致右邊下巴肌肉發達，所以拍照的時候，我常側左臉。但如果要表現得比較強勢一點，則會刻意「使用」右臉。

鏡子不僅拿來照臉，也可照全身，你可以看到每個身體部位。除了不可改變的天生身體比例之外，自我控制的肌肉與體脂的比例，同樣能從鏡子裡看見。如果不嫌煩，你還可以看到身體的移動，如：手臂回轉幾度？腿可以抬多高？身體柔軟性有多好？而我天生腰寬長，腰與腿相比，腿顯得不夠長。腰寬長的人常會腰痛，所以保持正確的姿勢很重要，首先肩膀要放鬆，運動時通常以肌肉不發達的下肢為重心。近期為了讓臀部與腿部的界線更明顯，我很努力做提臀運動。

人類由肉眼可見的身軀與不可見的靈魂構成，若要將其二者融合使用，身心比例的管理、使用和檢測是一件很重要的事。我應該會持續地確認身體，直到它不再運作的那天。

洪常秀導演的電影《劇場前》裡，金相慶說
了一段話：「從現在開始，我該思考了。思考真
的是一件很重要的事。不斷思考，就能改善所有
事情，還能戒煙。必須多多思考，唯有思考能讓
我活下去，活得長長久久……」除了思考，他也
該管理自己的身體了。

平凡之人

帥氣之人每天早上起床照鏡子都在想什麼呢？
平凡之人偶爾在照完鏡子後，會突然傷感起來。
平凡之人的日記本裡充滿著對自己的疑惑。
為什麼那個人總是備受矚目？
為什麼我的故事你聽不見？
連一隻路邊經過的動物都穿得比我好⋯⋯

평범한 사람

멋있는 사람은 아침에 일어나
거울을 보면 무슨 생각이 들까요
평범한 사람은 거울을 보다가
갑자기 문득 슬퍼질 때가 있는데요

평범한 사람의 일기장 속은
자신에 대한 질문으로 가득차 있어요
왜 누군가는 항상 주목을 받고
왜 내 얘기는 너에게도 들리지 않는지
하다못해 길가에 지나가는 동물도
나보다 좋은 걸 걸치고 있는 것 같은데…

我的職業是當一個浪費的人

去年，我成了一名老師。一個不懂得如何照顧、關愛孩子的人，竟然去當一名老師。之前周遭都是一些抽著煙工作、以及各自煩惱現在工作是否能夠維持生計的大人們，現在竟突然冒出一群孩子。事情會變成這樣，都是我的錯。

發行第一張專輯後，大家都說我的歌曲很單純、很有趣，像一首「童謠」。既然他們都說我的歌曲「像童謠」，我便想，是不是真的該作一曲童謠獻給孩子們？我跟一位熟識的國小老師提了意見，結果此提議意外順利通過，並決定接下來一年內讓我擔任國小五年級的「創作音樂」老師。授課時間算來非常長，一堂課有八十分鐘，一個班一學期上三次，一個年級有六個班。從未教過孩子的我，真的可以完成這般緊湊的課程嗎？帶著疑慮，無任何規劃，拿出實驗般的精神，教課去！上課前一晚，我緊張得睡不著覺，我的目標很單純，但也不簡單，那就是「讓孩子親自製作屬於自己的歌曲」。

我想告訴孩子，即使沒有吉他或鋼琴等任何

樂器，我們仍然可以做音樂。某天，我在兩小時的課程內，只教了孩子們拍手，我和他們說：試著發揮自己的想像力，拍出與旁人不同的節奏吧！還有一天，我讓孩子們一個一個依序發聲，直到齊聚二十個孩子的聲音後，竟出現別有洞天的和聲。待聲音漸漸安靜下來，他們紛紛起雞皮疙瘩，發出接連幾聲「哇哇」的驚嘆。

擇日，我叫學生們用自己最喜歡的一個字來唱歌，像是「吭」、「噗」和「咚」，結合室內拖鞋敲打書桌的聲音、撕書的聲音，還有丟剪刀或原子筆等文具的聲音，完成一首「響樂」。孩子們平時被大人教訓「要安靜一點」，所以當我要求他們大聲一點的時候，他們瘋狂似的大聲喊唱，連我也嗨了起來。響樂帶來的解放感，以及釋放後內心的平和，真的非常棒。

另一天，我彈著吉他，而孩子們則是演奏從學校借來的各種樂器。由於我不希望孩子特別針對某一項樂器，故讓他們使用學校既有的東西，包括木琴、口風琴、三角鐵、響板、小鼓、大鼓及響木、長鼓及直笛等。我要他們拋開這些樂器

原被賦予的名字，想盡各種其他方法讓這些樂器發出不同聲音並為它們重新命名，真是非常有趣的一課。本來一直煩惱自己該教什麼，最後我卻是課程中最興奮的那一個。一天教三個班，將近六個小時的授課時間，有時候一整天彈著吉他給孩子們聽，有時候講課到一半又突然拿起吉他彈奏音樂。孩子們初次見到「老師」的模樣時，一時還誤以為我是男老師，經由班級導師的解釋，大概是因為這些孩子們從未接觸過像我這種類型的大人，因而產生誤認。然他們過去一年來，跟著這位陌生老師的腳步，在國小教室裡一起做音樂。

孩子們說：「一定要有鍵盤手、貝斯手、吉他手、主唱和鼓手，才叫樂團。」因此，我特意找了一些 Youtube 影片給他們看，影片中介紹了各種形式的樂團，如：拿著玩具當樂器演奏的樂團、三名鼓手組成的樂團，以及一位吉他手兼主唱加上八位拍手的和聲樂團。其中有一位孩子在看完影片後，嚷嚷著：

「這根本就是浪費。」

他看完一部利用各種紙製品隨著音樂節奏忽隱忽現的音樂錄影帶後，這麼說：「真浪費紙張！」

　　我按下暫停鍵，問孩子們：「老師的職業是一種浪費嗎？」

　　孩子們笑了。

　　「這世上如果沒有浪費的人，就不會有你們喜愛的 EXO，更不可能看到 EXO 的音樂錄影帶了。是！讓八個人站在後方只是拍著手，的確是一種浪費，因為同樣的節奏效果讓一名鼓手敲鼓同樣能達到效果。可是，你們不覺得後面的那些人很有趣嗎？浪費是一種趣味，我就是想浪費，難道你們希望老師不要浪費，乖乖教完你們後回家睡覺，睡起來再繼續教你們嗎？」

　　「浪費也不錯。」

　　最後他們笑了，我也更興起：「等你們長大之後，如果成為一位節拍音樂家或玩具樂器音樂

家，追隨老師一起以樂趣為業，老師一定會非常
欣慰。」

　　孩子們卻這樣回答：「老師，可是這樣的工
作好像賺不了錢啊！」

　　上了一年的課，要教的卻還很多。一天教
六十名小學生的工作比想像中來得辛苦，每次上
班前我都想著「為什麼要給自己找麻煩？」。雖
然孩子們都喜歡我的課，但每次課程結束，我總
是精疲力盡。回到家，還未細細品嚐教課的趣味，
又得收拾書包出門教課去。儘管如此，我還是自
我安慰：沒關係，音樂製造的浪費很有趣。最後
我和他們說：「你們的一生中，不會再出現像我
一樣酷的老師了。」

　　結束最後一堂課的那天回家路上，我真心期
望孩子們可以在疲憊的日常生活中，記得我這一
位特別老師就好了。

　　「一位以浪費為職業的大人。」

我習慣躺著想事情，並將腦中這些想法化為
文字，偶爾也會哼唱成歌或畫成一幅畫，亦喜歡
發呆、隨意敲敲打打製造節奏樂，我這個人就是
會製造一些無用的東西，再讓這些東西變得有
用。時不時我也會幫花花草草澆水，變成一個在
工作而不浪費的人。

▋ 我曾經也是一條鮮魚嗎？

我收到了性暴力被害者收容所的聯繫，他們拜託我幫收容所裡的青少年們作曲。可當時我同時有高中和國小的音樂課，行程滿檔，原本已經決定推辭了，但他們卻說願意等我到學校放暑假後再進行。因此，暑假我便去收容所上課了。

平時去學校上課都不打扮的我，不知為何，去收容所上課的那天特別想要給孩子們看到我漂亮的一面。早起化妝、挑選衣服，最後還沒能吃上早飯，匆匆忙忙跑去收容所上課。我知道在那裡的孩子們都是受到家庭性暴力的被害者，而我沒辦法開口問他們「發生了什麼事」，也無從知道他們的本名，只知道他們的綽號。他們的年紀從 10 歲至 15 歲都有，甚至有幾位和我僅僅差了兩歲。

我擔心課程難以進行，因為我的音樂課通常是以「我」的故事為出發作詞作曲，然而這些孩子們能講述怎樣的故事給我聽呢？明知他們內心

受過創傷，卻無法直接開口詢問他們。不過幸好，一開始講課後，我發現即使不是「那個故事」，孩子們本身也有其他的煩惱與想法，我和他們之間的對話不曾中斷。聊著聊著，我漸漸感受到這群孩子們的內心背負著沉重的憤怒與悲傷，勝過我以前在學校教的學生們。這裡的孩子特別對強烈的「眼神」有著不安與反感，例如路人擦身而過的眼神、學校老師的眼神，以及在收容所裡彼此生活的夥伴眼神……這些無任何意圖的眼神，只不過是看了一眼，他們隨即產生不喜的反應。所以，我請他們每天寫日記。在認真寫了幾週日記，以及練習幾個吉他的基本旋律並熟悉後，我要他們把這段時間寫的內容化為歌詞。從那天開始，心痛的日子變多了，因為那些歌詞都是他們最真心的話。

一位綽號叫圓圓的孩子，在收容所和大家一起過著團體生活，但她無法想做什麼就做什麼。她寫道：「為了避開大家的眼神，我假裝撿起掉落的桃子，坐在花盆面前哭了。」她上課時總是不聽話，上課的內容也不好好練習，是一位讓我很頭痛的國中生，而且一直到課程的中後期，我

還是沒找到解決的辦法。我問她為什麼不寫日記時，她總是答非所問，滿口謊言。所以最後，我和她説：「現在開始，你只能説謊話！」這時的她，可能感覺自己有特別待遇，竟然開始作詞了。她用「謊話」寫的歌詞卻一點也不像在説謊，她將平時在心裡累積對學校和老師的不信任與憤怒，一一顯露在這些「謊話連篇的歌詞」中。

　　我一直以為老師叫作鮮魚[1]，所以不能理解為什麼大家要在鮮魚後面加上尊稱，真像個傻瓜。

　　所以，對那孩子而言，我也是一條鮮魚嗎？

---

①老師的韓文是「선생」，顛倒過來成了「생선」，韓文的「생선」意思為鮮魚。

恐龍
Dinosaur Outsider

我的前女友說我是一隻恐龍，她說我們年紀差太多了。（10
歲）

我國小的綽號是恐龍，我不知道為什麼大家要這樣叫我，可是
他們就這樣一直叫我恐龍。我問他們：為什麼要叫我「恐龍」？
他們回答：因為你就是恐龍啊！長大後我才明白，原來我的弟
弟、妹妹，以及表兄弟姐妹的綽號都叫恐龍。

吼吼吼吼

공룡
Dinosaur
Outsider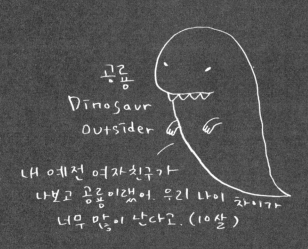

내 예전 여자친구가
나보고 공룡이랬어. 우리 나이 차이가
너무 많이 난다고. (10살)

나는 초등학생 때 별명이 공룡이었는데
왜인지는 몰라. 그냥 공룡.
그래서 내가 왜 '공룡'이냐고 물어보니까
그냥 공룡이니까 공룡이라는 거야.
근데 나중에 알게 됐는데
내 동생도, 내 사촌들 별명도 다 공룡이었어.

크와아앙

討厭再繼續下去了

　　十八歲離家獨立後，十二年裡搬了十次家。第三次開始，純一，我養的貓也跟著我一起經歷後面八次的搬家。由於剛獨立離開家裡的時候，身上的財產僅夠付六十萬韓圜保證金，只能住進一間幾乎不能稱為房子的地方，後來覺得實在是沒有辦法再住下去，才決定搬家。然而後面幾次的搬家，有的房子讓我出現鼻炎與氣喘的症狀，有些甚至冷到腳指凍傷，且到處都有老鼠屍體和蟑螂。

　　終於在一個月前，我進行了第十次的搬家。長期以來，都是我一個人，或偶爾與男友同居，這次是我第一次和兩位女室友一起住。這次的房子為複式住宅，位於望遠洞，有三間房、寬闊的客廳、廚房，以及溫暖的洗手間，真的是一間非常棒的房子。現在，我每天早上起床都會坐在客廳的餐桌，靜靜發呆想：「我可以住在這麼好的房子裡嗎？」

　　這裡真的超棒，不僅洗手間很溫暖，周圍還有很多扇窗，採光很好。三間房三人住，其中一位喜歡做料理的室友早晚都會在廚房幫我們準備好吃的，我們也會一起去採購，回家後圍坐在一起，攤開發票，算完金額再除以三。雖然三間房的大小不一，但每間都算寬，適合一個人睡。貓咪每天最愛在上下層的階梯間來回跑，雖然不知道是不是有鄰居偷餵食，牠總是不愛吃飯，但我們仍每天放飯給牠。

　　想起以前住過的某一個社區，那裡開很多間算命店，而我住過的那間房子似乎鬧鬼，居住的那兩年，我睡向某個角度的時候常會做惡夢。現在搬進來的新家沒有鬼，也不會做惡夢，每天起床都神清氣爽，因此我常常有這個想法：「我可以住在這麼好的房子裡嗎？」

　　難道是補償我過去吃盡的苦頭嗎？我回想那些曾經住過的可怕房子。那個有鬼的房子裡，現在的新租客也會每天做惡夢嗎？住在沒有暖爐的房子，房客是如何度過冬天這一難關？那時，我住在那都冷到凍傷了，現在新搬過去的人還好

嗎?另外,還有那個大門不能鎖的房子,現在是住著男生還是女生呢?我實在太好奇了,還特意回去看。當下房裡沒有人在,我試著拉開門,果然跟以前一樣是沒有鎖的,走進去看了裡面,似乎有人在住。狹窄的房間散落著電熱毯、衣服和酒瓶,玄關門邊還有一大雙骯髒的運動鞋,應該是一位男子住在這裡。心想還好住的是一位男子。正要離開的時候,一位大叔跟我說這裡要被拆了。這裡拆了之後,住在這間房的男子該怎麼辦?這間租屋保證金只要一百萬,月租十萬韓圜的說……哪裡還有這種條件的房子?

我不想再繼續搬家了,因此,我每天早上都自問「我真的可以住在這麼好的地方嗎?」越是期許自己能夠長久住在這裡,對這份幸福則越不安。

▉ 我想活

花錢去中醫行針灸是我近來最衝擊的一件事了，因為我最怕打針。小時候，媽媽還能強行拉我去醫院打針，不過長大之後就再也沒去了。直到去年年底，我在打羽毛球的時候扭傷腳踝，曾接受物理治療，但幾個月都沒有好轉，最終萬不得已，只好到中醫看診。

針灸的那一天，我躺在病床上說了好幾次：「救救我。」正確來說，是「醫生！救救我。」當時的我早已失去理性，因為扭傷的腳踝狀態很糟，必須施打比一般後勁更強的藥針，才不斷地對著醫生說：救我。完全出自本能。

曾幾何時我對誰說過救我這一句話呢？印象中大概是沒有吧！人的一生會輕易說出救我這句話嗎？而我卻在打針的時候，竟然如此簡單就脫口而出。腳上還插著針，我對自己冷冷笑了一下，心情隱隱刺痛。平常覺得無力憂鬱之時，我常有很多悲觀的想法，但我發現，此時此刻的我非常想活著。

活著本身就是一件非常了不起的事，雖然誕生非出於我意，但自出生的那一刻起，即開啟了我的人生，跟隨自己生活的模樣，畫出自我的生活軌跡。至今我依舊不清楚自己的生活樣貌，但我的選擇、喜好、職業和朋友填滿了我的生活，也許日後回頭看，便能看清自己的生活軌跡。

　　各種生活元素之中，我最想追求快樂。何謂愛的生活？幸福的生活？我不清楚，但追求快樂的生活，應該是我能做到的最佳選擇。那麼，什麼是快樂的生活？每天笑著嗎？不！應該是皺著眉頭，也就是我現在寫下這段文字的表情。我喜歡邊想邊寫，想不通的時候，就和朋友聊聊後重新整理再寫下來。煩惱著這段文字要下什麼標題？該畫什麼插圖？然後最後完成滿滿一頁，我的心情就會非常「愉悅」。

　　我享受思考、訴說、唱歌和寫文章的時刻，我對這些事感到痛苦的時候，會習慣性脫口說出：「哎！真想一死了之」，但這不代表我「真的想死」或「覺得自己活著還能幹嘛」，它不過是一個口頭禪。近來，我卻非常羞愧於自己習慣說出

到底想成為做什麼事的人

這樣的口頭禪，其實我是想活的，所以才會在打針的時候大喊：請救我！我真的想活著，想活得快樂。

　　我要一直活著，直到我找出快樂的方法。

왜 자꾸 이렇게 하고 싶지?

為什麼我一直想這樣？

이렇게 하면
너무 편하단 말이야.

因為這樣，我覺得很舒適。

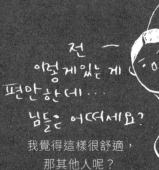

전
이렇게있는게
편안한데...
님들은 어떠세요?

我覺得這樣很舒適，
那其他人呢？

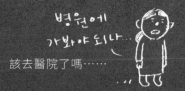

병원에
가봐야되나...

該去醫院了嗎⋯⋯

 中醫診所

"선생님, 제 상태가 어떤가요?"
"......"

「醫生，我的狀態怎麼樣？」
「……」

 들어가봐
進去吧！

어~
왠지 눈물이 나요.
나... 나는 새였나봐
이제...
어(떡)하지?

喔～不知為何哭了。
我……我原來是一隻鳥嗎？
現在……該怎麼辦？

선생님,
이거 구입할 수 있나요!
많이 비싸요?

醫生，這個買得到嗎？
很貴嗎？

▌我們因工作而分開

　　我剛與一位時尚雜誌記者在江南吃午餐。我和他是去年合作拍攝畫報的時候結緣，在那之後我們常常訊息往來，這次過了半年才又再次見面。聊天時，我們雖互相稱對方「李瀧小姐」和「記者先生」，但談話過程中，我們敬語與半語[1]交雜使用，這樣一起吃午餐到底算工作還是朋友聚餐？界線十分模糊。可是，現在這種關係界線不明的朋友越來越多，我的日記本上滿滿都是這種約，把它標記成工作不對，但它也不算朋友聚會，最後只好先寫上「見面（Meeting）」，隨著見面的增加，自然熟識後，這種曖昧不明的約會漸漸少了許多，面前的人再也不是「普通朋友」了。七年的至親我們一年見不到一次，早已對「至親」一詞生疏，所以，騰空時間去見這些「普通朋友」又有何難呢？我反而更努力製造機會和這些因工作而維繫關係的人們見面，像是平時以快遞來回寄送的文件，我會親自送去對方公司，到

----

①韓國人對長輩或上級使用敬語，為較恭敬的語法。而對晚輩或較親近的人使用半語。

44

那裡和他一起喝即溶咖啡，分享這陣子互相在通訊軟體上聊的話題。簡短的二十分鐘後，下次見面又只能等到有事的時候了。我喜歡親自過去找人談事、跟那個人碰面說話。雖不甚清楚，但應該是因為這樣做可以讓我在工作時想起那個人的臉龐，亦有助於記得這份工作的截止日。

「我們因工作相遇，也因工作而分開。」

這句話是收錄在第二張專輯的歌詞。一邊整理所有創作曲，一邊明確了第二張專輯的主題──「人與工作」。

我第一次賺錢工作是何時？十七歲的時候嗎？從文化月刊《PAPER》連載漫畫開始嗎？真早啊！大概到死前，都要一直工作了吧？申請就學貸款讀大學的時候，我和一群沒去打工、住在學校工作室的朋友們一起度過貧困時光，現在我們也都在工作。每次我突然想見他們的時候，他們在忙；而他們想約我的時候，我也忙著寫稿或處理一些該做的事而不能赴約。不知不覺，我將自己冠上了一個修飾語：「在工作」的「我」。然後，我寫著寫著，又突然想念起某個「普通朋

友」，便撥了電話：

「在哪？」
「我在辦公室，來玩啊！」
「你過來！我在咖啡廳。」
「不行，我要開會了。」
「是喔？什麼會議？」
「等等，我待會再打給妳。」

　　這個「普通朋友」每次都說晚點或明天回電給我，但最後總是不了了之。我呢，就繼續留在咖啡廳寫稿，寫完之後就回家了。

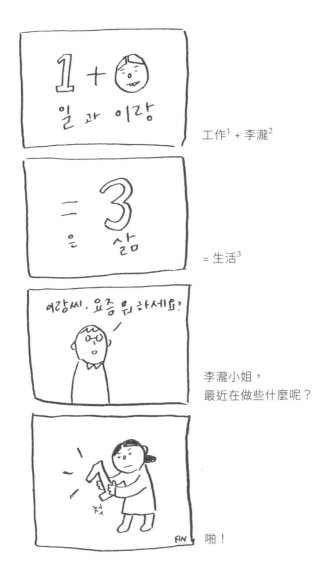

工作[1] + 李瀧[2]

= 生活[3]

李瀧小姐，
最近在做些什麼呢？

啪！

---

①韓文的數字「1」和「工作」是同一個字。
②「李」的韓文唸法與「二」一樣。
③韓文的數字「3」和「生活」發音相似。

▌戰戰兢兢
....

　　對於大學該讀什麼科系，我沒有任何想法，故選了一個大學開放名額最多的科系——電影系。進入電影系後，由於必修課程實在沒意思，大一和大二時，我幾乎都在修別系的課，像是專業美術、舞蹈、演技、裸體素描、製作繪本、寫詩、寫小說和寫評論等等。

　　我上了一年演技科的即興演技必修課，現在仍與當時熟識的好友一同製作電影。2008 年，我是這堂課的唯一外系生，從第一堂上課時，我便有點膽怯。當時我穿連身裙去上課，然而本科系的其他學生們都穿著無袖的服裝。一上課，老師就讓我們玩捉迷藏，玩得滿身大汗，我穿著連身裙子和緊身襪，超級不舒服，最後只好脫掉它們，僅穿內襯的無袖衣服與褲子繼續上課。所謂的即興演技課程，就如同其名，在上課之前絕對無法得知今日的上課內容。不過每次課程最後，老師都會要求學生們以表演的方式發表剛剛所學的課程內容，即使我是外系生，其他人也不會特意為我放水，因此我必須比他人更盡力投入課程。

每次的演技發表總是非常緊張，心臟撲通撲通地狂跳。除了我，其他演技科系的學生們彼此熟識，他們發表時看似一點也不緊張，非常享受。而我雖然表情是笑的，其實心臟不停地抖動。但是再次仔細觀察他們，那些演技科生雖然看起來很享受其中，內心卻和我一樣戰戰兢兢的，當我得知事實真相後，嚇了一跳。

原來不管是誰，站在人群面前表演，大家都是緊張的。不論專業與非專業，每個人的心臟都不停地跳，此時我感覺與他們又更近一點了。不論是站在朋友或他人面前表演，上了舞台，我們同樣是緊張的。

此外，我發現，無論上台發表時是否緊張，這不過是次要問題。最重要的是台下觀眾的注意力，他們只關注台上的表演是否有趣。發現這個真相時又再次嚇到我了。在台下的人們是絕不能忍受無趣的表演，故緊張也好，害羞也好，只要表演有趣就好了。

做音樂、辦表演，同樣是令人緊張的事情，

無關舞台形式的大小，每次上台前，我都緊張得冒手汗。這時候就會想起 2008 年上的即興表演課程，緊張不可避免，它是理所當然的，唯一能做的事是上台後盡全力表演。人們來看我的演唱會，絕非只是想看我在家自由自在、喝著飲料唱歌的模樣。

老實說，我開演唱會的理由只有一個：「賺錢」。

站在舞台上就是要表演給別人看，而編排表演需花費許多的時間及努力。首先，要有歌可以唱，所以得作曲；緊接著，你必須經過屢次思考，挑選出適合演唱會的歌單，再反覆練習。因此，我認為開演唱會僅僅只是賺錢的工作，為此，我站上了舞台。

第一次在酒吧表演的那天，酒吧老闆僅給我一瓶啤酒抵表演費。

▋我與那些戀人們為什麼會變這樣

（起初）與我不同的孩子，

（雖然）路途不盡相同，

但總會有那麼一次，

我想過，

手牽手，

彼此親吻，

睡著的話，

雖然我能這麼做，

但這樣實在太對不起你了，

太對不起你了。

　　我一躺下，便喃喃自語。不是在作曲，純粹睡不著覺，故嚷嚷傾訴內心的空虛。我常以自問自答的方式哼唱，就如同上述的這首《過於不同》，它的創作來自於一個問題：「為什麼我們不能在一起？」我常會試著去推斷這些問題的答案，雖然有時答案顯而易見，但更多的是無從得解，並打散我的睡意。此時，我起身臥坐在床，拿起吉他撥弄，希望能藉由旋律，找尋一絲絲的思緒，尋求好聲音。

何謂好聲音？能將我現在的想法娓娓道來的音律，便是好聲音。一旦找到，我便一直彈奏相同旋律，延續未解的思緒。吉他聲與喃喃自語融合，即成了旋律。即便是朗讀詩書的言語，融入吉他聲之中，也能作成一曲旋律。其道理與游泳相同，只要放鬆身體，將自己的身體輕輕交付給水，身體自然會浮出水面。現在我彈著吉他、說著話，說著說著，又蹦出新的話來，如此神奇的過程，倘若未親身經歷，絕無法知曉。動員所有的音律、自言自語、曾受過的教育知識，以及大腦無意識中的意識，我就能完成一首曲子。若是有意識地去思考，那反而會成了作曲的阻礙，所以我需要不斷挖掘各種狀態的自己，手不停地彈吉他，吟唱詞語，讓耳朵傾聽各種聲音，促進大腦反應，而這種狀態偶爾會持續好幾個小時。

　　某一夜晚，我喃喃自語了一兩個小時，即完成一首歌曲。倘若每個夜晚都能這樣就好了。然這般可遇不可求之事，即使你下定決心要做，也不一定做得到。

　　《過於不同》是我與某位前任分手時寫下的

歌曲。分手的預感，不說也知道。當時他故意潛水搞失蹤，這是他的壞習慣，每次吵架都這樣。而那天，他跟往常一樣不接我電話，我就在想：他不接我電話的時候，都在做些什麼？我給他留了好幾封語音訊息，每天都心痛得睡不著覺。幾天後，他到我家門口向我道別。

當時他說：「瀧啊！你幫幫我，救救我吧！」於是我答應和他分手，救了他一命，但他說的那句話卻讓我心痛了許久。

我喜歡與人交往，交了很多任男朋友，朋友也不少。可是每次的交往都會有離別的那一天，這叫我難以接受。因為在我看來，每一個人天天都在改變，這也是我喜歡與人交往的樂趣，根據這點，怎有辦法對一個人感到厭倦？即便經歷過這麼多次，我仍是疑惑：為什麼大家會對時時刻刻都在變化的人感到厭倦呢？彼此的關係為何不能保持趣味？

其實，我很容易與人交往，但卻沒有一次是因為愛上了誰而交往，不過是跟這個人有了多次

見面的機會，順其自然在一起罷了。從初次見面的那刻起，在我心裡就沒有他的位置，單純兩人見面的時間久了，進而發展戀人關係。我的人際關係方式很簡單，碰上自己感興趣的人就主動靠近，向對方表示：「做我朋友吧！」這是最孩子氣但也是最管用的方法。所以，「與人交往」是我的興趣，更成了我的專長，但當時我沒事先想到後方接踵而來的離別。

　　若要以一個英文單字來描述我的個性，那「bonding（感情紐帶）」[1]一詞再適合不過了。話說回來，為什麼我特別想與人交往？我成為一位 bonding 主義者是從何時開始的呢？經由三番兩次的思考，以及參考心理學類別書籍，應該是受到幼年及青少年時期，與家人之間的關係影響。從小面對無法自主選擇的家人們，我總是質疑他們。所以當我十七歲那年，第一次談戀愛，我終於有權選擇自己想要結交的人際樞紐，那份情感既神祕又強烈，前所未有，故滿十八歲不久，

---

①感情紐帶（也稱為感情連結，Human Bonding）是指人與人之間形成的一種親近人際關係。通常在浪漫夥伴、密友和親子之間產生並發展。以喜歡和信任的情感為特徵，任意兩個總在一起消磨時間的人都可能形成感情紐帶。

我便獨立出來，開啟租房的生活，從此我不是和男友同居，就是和朋友一起住。我喜歡與他人產生一種特殊情誼，真的是因為和家人關係不好產生的反作用嗎？我喜歡和朋友有身體接觸的互動，甚至還能跟非交往的男孩牽手，然而，除了偶爾會與媽媽牽手外，我不曾與姊姊、弟弟和爸爸牽過手，更別說是擁抱了。

現在我寫著這篇文章，不小心「嘖嘖」了兩聲，感嘆自己竟是個無中庸之美的人。今天，我對自己又有了新的發現，越來越覺得自己真是個奇妙的人。總而言之，我和過去的那些戀人們，各個都分手了。

▋曾有這樣的一天

我們每天吃納豆

吃完納豆，Narita 上班去

IRA 啊 IRA 啊 IRREGULAR RHYTHM ASYLUM[1]

這地方開在新宿已有十年

IRA 星期三公休

那天我、Narita 和 Yuki 一起去美術館

不知看到哪件令人心酸的作品，大哭了一場

我弄丟了手機，大家忙著找我的手機

Narita 就像我的親哥哥

他開的店，今年是十週年了

IRA 啊 IRA 啊 IRREGULAR RHYTHM ASYLUM

恭喜恭喜

　　剛好在作曲的時候想起朋友，逕而誕生
了這首歌。2012 年發表第一張專輯《Yon Yon
Son》，第一次到日本表演，對日本的第一印象
很好，透過演出，我認識許多朋友，並每年固定
在日本相約兩次，延續我們之間的緣分。其中有
一起表演或透過介紹認識的音樂朋友，也有在展

---

①日本東京的雜誌專賣店。

演廳裡當觀眾而結交的朋友。認識的途徑不同，朋友們的氣場也不太一樣。做音樂的朋友畢竟是同行業，常會笑鬧著說：「這裡是我的主場，沒有你的位置。」即使我們一起表演了，彼此仍會隱約產生互相競爭的心態；反之，一起在台下當觀眾的朋友完全不會，也許是因為他們維持生計的工具不是音樂吧，彼此沒有警戒心。

開頭歌曲的主角是 Narita Keisuke，是我去年一月在表演廳認識的朋友。當時我不是以樂團的身份去日本，而是被邀請擔任歌手 Yamagata Tweakster 的舞者。表演結束下台後，透過介紹認識了很多人，Narita Keisuke 便是其中一位。他在新宿經營一家名為 IRA 的店。老實說我不太記得對他的第一印象了，反而對他的女友 Yuki Nakamura 印象深刻。Yuki 的外表特別出眾，小小身軀，剪了短髮，黝黑的小眼睛但整體氣勢很強，是我在日本看到最有魅力的女人。

當年六月，我又因為表演去了日本，又有了和他們兩位多一點深聊的機會，我們坐在路邊喝酒聊天，一路聊到隔天凌晨第一班地鐵開始運

行。我特別欣賞 Yuki，我還偷偷拜託朋友幫我拍我們兩人聊天的樣子，並在回韓國之後，搜尋 Yuki 的 Facebook，偷存一張我覺得最漂亮的照片。九月時我又要在東京藝術書展「Tokyo Air Book Fair」販賣我的漫畫書了，因此再次來到東京，借住在 Narita 和 Yuki 家十天左右。現在回頭一想，好像借住太久了，真是不好意思，但當下的我一點都不覺得抱歉，只是很開心能和喜歡的人住在一起。

Narita 每天要去店裡做事，Yuki 也要去打工，所以我們三個可以一起玩的時間不多。我每天也會去見其他朋友、參加或觀賞其他音樂人的表演，不過一到晚上，我們三個就會圍在小廚房的餐桌聊上至少一個小時。某天，Yuki 很累，躲在被窩裡，我則坐在旁邊的椅子上和她聊天。我們的話題跳來跳去，卻很投機，讓我幾乎忘了自己是個外國人。

Narita 的店週三公休，我們一起去了水戶的美術館——從東京搭火車要一小時才能到——那邊正在舉辦一個以衣服為主題的特展，其中包括

以米蘭達・裘莉（Miranda July）和哈瑞爾・弗萊徹（Harrell Fletcher）《Learning to love you more》為主題的展覽。雖然這是 2009 年兩位作家於同名官方網站公告徵選的企劃，但也是現在水戶美術館在當地重現當時的企劃項目之一，《Learning to love you more》的第五十五個項目「Photograph a significant outfit」，參與者需要以下列方式拍照送件：

選擇六個月內對自己最有意義的一天，擺放那天的穿著衣物於地板上，其中最重要的是身穿那套衣物的人要躺著，擺好衣物再抽身離開，像是人間蒸發的樣子，如襯衫塞進褲頭，襪子在皮鞋裡面，也要記得戴上當時的配件和背包。最後站在椅子或桌子上，由俯瞰的視角拍下照，並於送件時簡單寫下穿這身衣服時當天的情形。

簡單的規則，簡單的攝影展，看完介紹牆上的說明，我開始閱覽作品與其文字敘述，結果才看一兩張作品，我就哭了。展品照片裡真的是別人穿過的衣服，也沒有什麼特別的故事，只有像是：「我考進夢寐以求的學校，入學第一天穿的

著裝」、「這套是我發現自己很喜歡寫文章那天的服裝」。但也有一些特別的故事，如：「這是我最後一次和往後不能再見的人約會那天所穿的衣服」、「這套是我相信你說的，我會做得更好的那天裝扮」，以及「這身是接獲媽媽電話說哥哥因事故身亡那天穿的衣服」。

短文下面還寫著衣服主人的名字，以及這些衣服的購買處，雖然是陌生的名字和場所，但卻感覺與住在這些地方的人意外貼近。此外，不知是不是因為照片的拍攝手法，看見照片裡那些擺在地板上的衣服，會誤以為這些人已不在人世，心情感到惋惜，眼淚也不禁流下。他們在擺設自己穿過的衣服和配件，並站在椅子或桌子上拍照的時候，不知道是怎麼樣的心情。

看完展覽回家的路上，我們聊了很多人與衣服之間的關係，也說好要互相交換衣服，畢竟我終究要回首爾，不知道何時能再次與 Yuki 相遇。搭機回韓的那天，我穿了 Yuki 的 T 恤，回到首爾便立刻脫下衣服擺在房間地板上拍照，並傳給 Yuki，說：

"This is what I was wearing when I said goodbye to someone who I never wanted to say goodbye to."

六月是 Narita 的店 IRA 開幕十週年，因此 Yuki 偷偷拜託我製作一部祝賀影片。那天我也躺在房間地板上，手拿吉他喃喃自語，最後完成了開頭的這首歌。

我們一起去過的水戶美術館、一起搭乘的火車；以及我們走出美術館，一同前往餐廳吃飯，吃完要去火車站搭車之際，想起遺忘的手機，三人趕緊奔回餐廳的模樣；早上出門前一起簡單吃的納豆飯。為我最喜歡的兩位日本朋友 Narita 和 Yuki 做了這首歌，希望他們開心。

▌如歌曲般的名字

我在日本 Narita 和 Yuki 的家住了半個月，他們家位於京王線明大前車站附近。突然想起從家裡出來到車站的那條路，是一條平凡的高架橋下街道，不是特別漂亮或富有日本風味，但我卻一直想起走在那條路上的情景。這條路真的一點也不特別，但在這條路上，我有時邊走邊哭，邊走邊笑，也有時邊走邊流汗，甚至有時邊走邊覺得痛。在那裡我奔跑過、淋雨過，也聽過音樂。

從家裡到火車站有好幾種走法，上天橋，安靜地漫步在住宅區之間；或者直直經過兩個紅綠燈走大馬路。在日本的這兩週，我天天出門，沒有一天是整天待在家裡的，即便身體不舒服，我仍會硬撐著出門。

回韓國的前一天，手機剛好因為解約不能使用，雖然我自己沒怎麼在意，但朋友們都很不安，深怕我會迷路。那一天，我一個人到吉祥寺車站買要給首爾朋友們的禮物，並安全地回到明大前車站。但這時，奇異的事情發生了，那一刻我開

始感到不安。室友們說了今天晚上十一二點才會回來，但我到家的時間是下午五點左右，手機無法使用，無所事事所以肚子更容易餓了；打算去家門前的咖啡廳吃義大利麵，每天營業的咖啡廳竟然唯獨那天公休。我再次走到火車站附近的羅多倫咖啡吸菸室，那裡非常狹小，人又特別多，薄薄的三明治搭配咖啡，我在那寫信和畫圖準備送給住在明大前的兩位朋友，Narita 和 Yuki，磨蹭了一會，也才晚上九點。回到家，我感到非常不安，在客廳呆坐兩個小時等待室友回家。Narita 十一點回來，他一到家隨即幫我做了納豆炒飯。

回韓國的那一天早上，雨下個不停，Narita 和 Yuki 還在機場巴士站哭了。幾天前，我們三人又圍著餐桌聊天，說好在我離開的那天誰也不准哭，因此從搭電車時我一直在忍耐，直到上巴士前，Yuki 眼角泛淚地抱住了我，我們哭成一團。

機場巴士裡除了我，還有一位獨自抽泣許久的男士，看來都是因為離別而感傷。我討厭離別

的傷心，讓我想起好幾次令我大哭的離別。

我想到幾位外國朋友的名字：Jamie、Christina、Cana、Keseniia、Benjamin。我真的交了很多日本朋友，這次我和 Shigeru 親近很多，還認識了 Shirota 和 Sinma 兩位開朗的朋友。Kimura 先生介紹很多朋友給我，甚至讓我認識了攝影師 Kotori。大家各自都有悲傷的故事：En 感冒很嚴重；Fukuda 叔叔剛辦完父親的喪事，我和叔叔碰面時，他心情還不錯，我們一起輕鬆地搭電鐵回家；樂團 Gerrards 的主唱 Kawazoe 也是一位非常搞笑的人，他給我看了李博士[1]的影片，不斷說他很帥；羅美也對我很親切，真的謝謝你們。我為 Shirakame 蕎麥麵店的 Machi 和 Aya、以及兩位的丈夫獻唱，也在長岡 Popotamu 畫廊認識了畫家密西西比，我們彼此很快熟絡；還跟插畫家 Saki 一起吃飯和看表演，活動監製 Tatsu 給了我們《新歌之房》的表演公關票。

---

① 李博士是韓國 TECHNO-TROT 歌手。生於 1954 年 10 月 5 日，京畿道，本名為李容纅。TECHNO-TROT 是 20 世紀 90 年代至 21 世紀初流行的快節奏音樂融合風格。

有時候會特別有「這天是最棒的一天」的感覺，非常溫馨。這樣的日子大概有一到兩天吧！當這種日子出現，我會和 Yuki 開開心心去超市逛街。還有，回韓國的前一天，下過雨的新宿夜晚街道，非常棒。

荷歐波諾波諾！ 誒？

Yuki 去洗澡的時候，衣服脫一半，突然出來對我說了夏威夷
「荷歐波諾波諾」的典故。

「荷歐波諾波諾」的意思包含謝謝、對不起、請原諒我，以及
我愛你四句真言，聽說只要說了這句話，心情就會變好。雖然
這是一個很棒的典故，但是 Yuki 洗到一半衝出來的樣子，就
像布穀鐘的布穀鳥一樣，讓我覺得特別好笑。

호오 포노포노!

엣?

유키가 목욕하러 들어갔다가 옷을 반쯤 벗고
갑자기 나와 하와이의 '호오 포노포노'에 대해 이야기했다.
'호오 포노포노'는
　고마워, 미안해, 용서해줘, 사랑해를
한번에 말하는 말인데, 이걸 말하는 것만으로도
기분이 나아질 거라고 했다.
좋은 이야기였지만, 뻐꾸기시계 속 뻐꾸기처럼
목욕탕에서 튀어나와 이런 얘길 하는 유키가 너무 웃겼다.

▌走向更美好的人

畢竟是非常要好的朋友，我苦惱許久應該要送什麼禮物，躺在房間角落的地板上滾來滾去，簡單哼歌，最後終於完成了 IRA 十週年慶祝歌曲。原以為會很像在念詞，但整體比想像中的更有模有樣。當歌曲製作完畢時，我大概會聽不下五十遍，差不多要一百遍。

我很常在歌曲製作完成後，聽上一百至兩百遍。剛做完不久，重新聽的時候，雖然會聽到一些很細節的部分，思考著這部分為什麼音要上仰？何時換氣？鋼琴彈奏哪裡錯了？等修正之處，並對自己感到欣慰和滿足。除了是開心自己做到了之外，還可以在重新聽曲的時候，回顧當時作曲的想法與心情。

收錄於第一張專輯的每一首歌，我也都聽了至少兩百遍。不過在那之後，我只唱而不聽，已然忘記當時作曲的心境與情形如何。這已是兩年前的故事了，現在偶爾聽到這些歌，仍有點陌生。我到底是怎麼寫下這些歌的？當下的想法是什麼

呢？為什麼會有那樣的歌詞？而且我的聲音一年一年在改變，現在聽到這些歌就好像是聽到別人唱的歌。

比較常待在家的時候，我就有更多時間可以慢慢思考，偶爾會拿出以前拍的影片來看，或重新聆聽舊歌，那時我常想：「我到底是怎麼做出來的？」

電影也好，歌曲也好，明明是我寫的台詞、歌詞，以及說過的故事，為什麼聽起來像是別人寫的或說的？

「為什麼會說那樣的話？為什麼會這樣唱呢？」某些時候我會一邊展示我的作品，一邊自言自語，旁邊的人都會嚇到，並笑說：「這不是你寫的嗎？」

為什麼而做？

我很喜歡一件作品完成後的心情，雖然這樣說有點害羞，但那樣的心情大概就是「欣慰」吧！

那樣的心情會持續一陣子，然聽了一百遍、兩百遍後，這份心情漸漸消失，最後回復到未做任何事情的狀態，傻傻地對自己說：「為什麼我什麼都沒做，人生就這樣過去了？」製作過程中，一定有辛苦的地方，但我常記不得，只記得做得很順的部分，還一邊說「這到底是誰做的？」一邊覺得有意思。有時候哈哈大笑，有時候又哭得唏哩嘩啦，真是搞笑。

這樣的心情彷彿是想起舊情人的感覺。我為什麼會和他交往？不記得喜歡他哪個部分，但是在一起的時候似乎很開心有趣，大部分都是記得好的一面，忘了彼此折磨、辛苦的時候。

有些歌曲要花一兩年完成，跟最初哼唱的曲調完全不同，中間也會放棄，「寫太爛了」一氣之下丟進垃圾桶，結果過了幾個月後又重新撿起來：「啊！這歌不錯啊！」重新開始製作；另外也有一些歌差不多從睡眠中清醒後不到五至十分鐘就完成了。不過，無論歌曲製作的速度如何，當再次聽到的時候，那份憋扭心情是相同的，原以為會不一樣，結果是一樣的。創作真是一件神

奇的事，大概會持續到死為止吧！創作這傢伙！

　　前天製作了一首歌，讓我覺得自己是一個蠻厲害的人。我隨意綁了馬尾，帶著素顏去赴約，一路上連走路都覺得威風。反覆聽我寫的歌——因為還沒聽滿一百遍——想著：「這裡正經過一位非常厲害的人，就是我！」在這份心情未消逝之前、在這首歌聽起來還不會陌生到像是別人寫的歌之前，我感到非常滿足與欣慰。

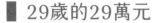
29歲的29萬元

　　五月，我去國稅局辦減稅，因為是自由工作者，所得來源有點複雜。朋友們都使用居家納稅服務，但我實在無法自己在家處理，所以還是直接到國稅局拜託公務員幫忙比較好。平時我不會到公家機構辦事，因此每年要去國稅局的時候，總是覺得特別有趣。一年一次，我帶著這一年來的所得資料去找公務員。

　　一到國稅局，先到櫃台報上我的居家納稅帳號密碼，領取號碼牌後，便坐在候位區等待叫號。不久，燈牌跳出了我的號碼，我眼神掃過櫃檯搜尋空位，在十幾組的電腦和坐在裡面的公務員之中，我看到了一個空缺，馬上坐了下來。這次負責協助我的公務員是一位戴黑色鏡框的年輕男子，他幫我登入居家納稅系統，並輸入資料查詢我的所得，他是一位非常了不起的人，我看著他工作，忍不住好奇：

　　「領款的時候，明明說要抽 3.3%，系統卻未顯示，應該怎麼做？」

「請問知道那家公司行號嗎？」

「不知道。」

「那就查不到了，因為那家公司未申報。」

「為什麼沒有申報？」

「因為是壞公司。」

「喔……」

　　那位查完我的所得後，在計算機上按下一串串複雜的數字。我隨即安靜不出聲，以免妨礙他計算，即使是幾千塊，也不能遺漏啊！完成複雜的計算，往下一個階段進行，現在他又要問跟去年相同的問題了吧！

「沒有捐款吧？」

「沒有扶養家屬吧？」

「沒有結婚吧？」

　　三個問題的回答都是：「沒有！」。而且他竟然不是問我「結婚了沒？」，反而問我「沒有結婚吧？」讓我特別開心。是的！我的美貌還像個未婚的小姐。

　　不知道為什麼婦產科醫生對病患提的問題

總是特別令人不爽。我二十三歲前若是去婦產科，醫生不會對我提問，反倒直説：「沒有性經驗……」我都會趕緊插話：「有唷！」。雖然是否有經驗會影響到檢查結果，但醫生們就不能問得更委婉一點嗎？

最近，我去婦產科做子宮頸癌檢查。幫我檢查的是一位老奶奶醫生，她用機器超音波照我的子宮，並提了一些會讓人心痛的問題：

「和父母一起住嗎？」
「沒有。」
「那跟誰住？」
「跟朋友們。」
「什麼朋友？男人？」
「一般朋友。」
「不能過得這麼隨意。你們一起住，三餐都亂吃吧？」
「不會啊！今天我們也自己做飯吃，吃完才過來的。」
「吃了什麼？」
「……」
「做什麼的？這邊都沒有毛。」

「……」

我沒有一次去婦產科看診會是開心走出診療室的。

今天我晚起了。從子時到清晨，看了三小時左右的電影才去睡覺，所以起得特別晚。上班的朋友都六七點起床，我的鬧鐘卻設十一點和十二點半，每次都按掉十一點的鬧鐘，直到十二點半的鬧鐘響起才起床。今天我下午兩點起來，吃了高麗菜和昨天發現冒芽而提前洗好切好的胡蘿蔔，準備出門去國稅局。悠悠哉哉，中途還清理了貓砂盆，真正出門時已經三點半了，搭地鐵到麻浦國稅局。

今天的麻浦國稅局非常安靜，磚塊砌成的外觀和龍山國稅局很相似。走進內部，漆灰的走廊一點溫暖都沒有，但強烈陽光照射下的紅磚建築看起來特別平靜溫和。一如往常地在公家機關地下室，接受戴著黑框眼鏡公務員的幫助辦理減稅。退稅金竟有二十九萬韓圜，像是天上掉下來的一筆錢，心情特好。非常平凡的日常生活，二十九歲的二十九萬元。

▌多少錢？

　　想成為富翁，無論是在國民年金制度出現之前，或是繳健康保險和房租的那一天，我想成為富翁的心情都不曾消滅。即使我不願去做自己討厭的事情，依舊是想成為富翁。但我知道我不可能成為富翁的，除了因為我的原生家庭本來就不是個富裕家庭，加上我自己選擇的行業更不可能讓我成為富翁。雖然我常常想像自己「成為有錢人」，但我的生活卻過得一點也不像那樣。會這麼想是在我三十歲後第一次繳交國民年金和健康保險時，眼看著金錢從我面前消失，金額又比想像中大得令人慌張。我打給工會諮詢，他們回應費用是比照我前兩年所得水準去計算的，然我查了兩年前自己的所得來源，是學校約聘工作薪水和各大雜誌社的一次性稿費。我和工會解釋自己的職業是一名自由工作者，現在早已不在兩年前的地方工作，他們仍不相信我說的話，並要求我提出「解聘證明」。我必須一一聯絡兩年前工作的地方申請證明，萬一有些公司是四大保險的地方該怎麼辦？

接受同處室姊姊的建議，我遞交資料參加發掘新進作家的徵選，爭取九個月的工作企劃，很順利地通過第一輪選拔，前往第二輪面試。面試官問我：「為什麼您無法創作？」而我回答：「因為沒錢。」，但面試官又問：「為什麼沒錢？」現在有多少人可以正確回答這個問題呢？

沒錢是因為沒工作賺錢嗎？不，自從十七歲開始工作後，我不曾停止工作，雖然我作詞作曲不是為了賺錢，但我辦表演確實是為了賺錢，從小我花錢學畫畫，現在我畫畫賺錢。不知從何時起，當收到他人請託時，會自動問出：「多少錢？」雖然問一篇文、一幅畫的價錢實屬應當，但我仍會有點結巴害羞。不過，當好不容易開口要來的錢拿去繳月租、工作室租費、就學貸款、水電費和電話費後消失見底，就慢慢敢開口問了。我必須努力賺錢繳這些既定費用，可是總會有入不敷出的時候，所以當面試官問我「為什麼沒錢？」時，我應該要這樣回答他的。

住在首爾的人都要聽的歌

　　前幾天我去濟州島表演。除了表演當天晚上，我還有兩天的自由活動時間，不過大部分的時間，我只是到民宿附近散步，重聽我來濟州島之前錄好的曲子。我在首爾的時候覺得曲子做得還不錯，但來到濟州島卻覺得聽起來特別奇怪，難道我的歌只適合首爾人嗎？我住首爾，所以平時也是忙碌的日常生活，做出來的曲子剛好適合住在首爾的人，反而不適合住在有山有海的濟州島民宿庭院時聽它。

　　在濟州島的四天三夜非常無聊，但景色極美，雖然我對首爾的家和工作室沒有太大不滿，但如果景色可以像濟州島一樣美就好了。即使沒有大海，樹木花草再多一點也很漂亮。每天出門經過麥當勞、儂特利、Dunkin' Donuts、31 冰淇淋、調味排骨餐廳、菜市場和 7-11，最後抵達現代汽車工廠樓上的工作室，每天看這一路的風景，我膩了。工作室前方有社區公車站，每天五至六分鐘就可以聽到公車靠站聲音；還有工作室附近的菜市場，每天都能聽到阿姨們吵架的聲

音，非常吵雜；雖然步道上有種植一些銀杏樹，但天天排直直的，看了就討厭。

每次去鄉村或出國都在想，若我生活在這裡能做出什麼樣的歌曲？在鄉間小鎮，雖無聊但風景美，語言不通卻令人心平氣和，我在那生活，和狗狗、雞群、樹木和空氣相處，還能吟歌作唱嗎？當我看到或聽到自己覺得不好的藝術作品，總覺得「不怎麼樣」。如果我在鄉下和雞群、樹木和空氣相處做出來的歌，首爾的人們聽到也會覺得「不怎麼樣」嗎？

即使告訴自己不要在意人們如何想，也無法每次都不在意。一直以來，我不斷地在網路上搜尋我的名字，看看還有誰仍在聽或在看我的作品，說不定是為了不讓他們忘記我，所以我才選擇繼續住在城市裡唱出不幸之歌，並將它獻給與我同病相憐的人們。因為世上不幸的人比幸福的人還要多，為了大多數人，我仍留在城市作曲。

Sulsa和魔鬼

　　我會定期休息一段時間不表演。雖然是以準備第二張專輯為藉口，但第二張專輯還沒做出來，暫停表演的時間又有點久，偶爾還是會因為一些不好意思推託的邀請而上台。今天下午賴床時，一位在玩重金屬的搖滾樂團Sulsa李曜芳（音譯）來訊說他們計畫在十一月舉辦「Sulsa 表演秀」，想問我能不能一起參與。很可惜，跟錄音行程重疊無法參加，不過我很想去看他們表演，因為我每次和那些玩重金屬搖滾的朋友見面都很愉快。

　　重金屬搖滾樂團Bamseom Pirates 的主唱兼貝斯手張承建（音譯）是我家純一（貓）的大夫。頂著一顆大光頭，穿著滿滿金屬配件的馬甲和迷彩褲子，個子矮小，擁有像流氓般的外表，實際上卻喜歡可愛的東西，是看到貓咪就會失心瘋的一位朋友。之前為了準備搬家，將純一託付給承建一個月，他超級開心的，那一個月都不出去玩，樂團練習也會快快結束，只為了回家照顧純一。

　　不久前我和承建約在燒烤店，點了中式糖醋肉和啤酒。這時承建問我可不可以讓自己的樂隊朋友一起來，原以為只是一兩位，結果一次來了七個男孩子，他們穿著重金屬搖滾 T 恤，配戴許多黑色金屬配件，一坐定就大聲點了燒酒，一下子就變成吵鬧活潑的酒攤。這些孩子的樂團名叫做「孔固力」、「Sulsa」和「黑山羊」等，無意間聽到他們對話裡的單詞，實在太好笑了。

　　「誰負責擔任腹瀉（Sulsa）[1]的鼓手？」
　　「以前魔鬼的鼓手再勇（音譯）。」
　　「天啊！魔鬼真的很帥。」

　　我在一旁邊聽邊大笑，那天第一次見面的Sulsa 李曜芳問我在笑什麼？我笑著說樂團名稱是腹瀉和魔鬼，什麼鬼太好笑了，大家仍不懂我為什麼笑，還很認真說：「名字很帥啊……」、「我聽到這個團名很感動呢！」。本來 Sulsa 取名的時候，考慮過「口腔腹瀉」，更向我展示他們的團體標誌（很像一條條大便模樣）。他們每個人說話的語氣都很像，於是我問他們為什麼說話方

---

① Sulsa 的韓文寫法是「설사」，是腹瀉之意。

式如此相同？他們突然變聲：「其實我們也是可以用一般語氣說話的，只是刻意改用重金屬方式說話而已。」大家一起用重金屬的說話方式大聲聊天歡笑，非常愉快，就像是一群人在遊樂園裡吵著當第一個從高處跑下來的人那種感覺。一起笑別人說的話，無論說什麼都一起哄抬，盡情暢飲。這和我自己做音樂或和他人合奏時的氛圍相差太多了，他們看起來都很開心，我想樂團就應該要像他們一樣，大聲開心吵鬧、大口吃肉喝酒、開懷大笑。年過三十歲的我似乎需要多親近重金屬音樂一點。這些年輕朋友不太知道我的音樂，報上我的名字讓他們查，找到我以前的訪問，看完之後，他們稱讚我是個「很了不起的人」，想要和我拍照留影。我們邊笑邊拍，在那種氛圍下，我也跟著嗨了起來，真的大笑了一場。

- 너 직업이 뭐야? —你的職業是什麼?

- 유명해? —有名嗎?

- 그걸로 먹고살아? —靠那個吃飯嗎?

- 그럼 아니라는 말이네.
  그냥 아니라고 대답하지 그래. —那就不是。
  不是就直說啊!

- 어디서 공연 해봤어? —有在哪裡表演過嗎?

- 시내 어디? —市區哪裡?

- 그래? 근데 왜 내가 모르지? —是喔?
  那為什麼我不知道?

- 마지막으로 공연한 게 언제야? —最後一次表演是何時?

- 내가 뭐 하나 말해줄까? —要我告訴你一點嗎?

- 너는 앞으로 공연 못할 거야. —妳以後不能表演了!

— 뮤지션 …? —音樂家……?

— 아니. —不。

— … 반 정도는? —大概……算一半?

— … 그때, 아니다. —嗯……不是。

— 이 주변에서, 시내에서. —在這附近。市區內。

— 시내… 에 있는 카페? —市區的……某個咖啡廳?

— … ——……

— … 닥쳐. —閉嘴。

— 아니. —不了。

— 시발 …. —幹……

▊ 料理歌曲

　　很早之前我和木仁（音譯）有很多一起表演的機會，因為我們都是以吉他作為背景音樂，像說故事般地唱著歌曲。周邊的女性朋友們都喜歡金木仁，常大喊金木仁的名字，但那時我沒什麼特別想法，畢竟我和他一起表演三四次了。有一次在等待出場時，我愣愣地聽著他的歌，突然他唱的歌詞一一入耳，優柔的旋律加上優美的聲音，歌詞如刀鋒般犀利，自那一刻我便決心成為他的夥伴兼粉絲。後來我也參與了木仁的第二張專輯《一堆視線》，製作其中兩首歌——《尷尬的請託》和《無回應的社會》。「你說我們一起吃飯，也別認為我是你的人；你說我和你同行業，也別說知道我的意思對吧」、「得不到答案的人們出門上路，即使天氣寒冷，他們為了聽取答案仍出門上路，即使天氣嚴峻，他們為了提問仍繼續出門上路」這兩首歌詞都很棒，果然很犀利。

　　不久前在大學路的 Hagjeon Blue 小劇場與金木仁一起完成《小店家與音樂家》演出，平常我們都在 Live 俱樂部或咖啡廳表演，這次在小劇

場表演真的是意料之外。木仁想配合劇場舞台氛圍，準備與之前 Live 不太一樣的表演，寫了劇本給演出的樂隊與全部和聲人員，劇本上寫說每首歌之間要參雜一些演技和解說，讓整體表演看起來像場音樂劇。對此我感到有點不安，因為我、木仁、樂團與和聲人員都是不會演戲的普通音樂人。

　　總之，這場表演由木仁的夢中場景出發。夢中，木仁是一位咖啡廳即將開業的老闆，演奏樂隊與和聲人員是光顧咖啡廳的客人或在咖啡廳工作的工讀生，我則是劇情發展到一半突然出現的「疑問的女人」，對著還未開張的咖啡廳主人要求這要求那、一個非常奇怪的角色。木仁特地在前一天給來訪的客人看他準備的菜單，這份菜單目錄是他自己的歌單，讓客人點歌。試聽歌曲的客人有些說不錯，有些說歌名不怎麼樣，有稱讚也有建議，木仁根據他們的反應決定了最終菜單。

　　創作新歌猶如做新料理，令人茫然、興奮又害怕。但是，創作者的工作就是在空無一物的鍋

子裡丟一個音、一個材料、一個旋律和調味料般的節奏，將它們混合，做成一道美味料理、一首歌曲。將成品展現給他人時，那份緊張與期待觀賞品嚐的人會說出什麼樣話語的心情，其實音樂家、料理師和即將開業的咖啡廳老闆都是一樣的。

我在創作新歌的時候，也是最先發給好友們聽，電子郵件寄出，在收到他們回覆之前，心都會撲通撲通地跳，什麼事都沒辦法做，只等他們回應。如果他們的反應是好的便很放心，心情也會變得很好；反之，若收到某部分需要修改的建議，心情便會變差。假如他們不喜歡，這就是一首爛歌；他們喜歡的話才是首好歌，他們聽完的回饋代表了全世界。

很開心能夠和木仁一起在《小店家與音樂家》表演出那份緊張的心情。表演的時候，因為焦慮和想著不能出錯，未能好好思考這場表演的深度，直到來看表演的人說這是一場「安慰創作者的表演」後，我才重新回顧這場演出。它真的是一場非常棒的舞台，很可惜只有一場。

▌想念討厭的人

　　和他在一起覺得舒服的人，我不會特別想念，反倒是一些本來就不喜歡、甚至討厭的人，我會一直想念他們，每次見到他們的時候都能讓我大笑一場，因為他們總會做出意料之外的舉動，讓我無法掌握他們說話的意思和行為，實在非常有趣。我很好奇他們又會說什麼奇怪的話，又或者做出什麼行為衝擊到我，真叫人興奮不已，因此我偶爾會出席一些我不喜歡的場合，在那裡與我討厭的人進行一段討厭的對話與爭執。到底他們擁有什麼樣的思考迴路，才會說出那樣的話呢？跟我平常和朋友對話的邏輯完全不同，我捉摸不透。有時我能跟他們愉快聊天，有時候又覺得我是一位演技超棒的演員。但要將自己討厭的東西變成有趣的事情，非常消耗體力，所以我不能待太久，必須盡快結束。根據統計，大概一至兩小時是我的極限。

　　回家後，打開正在寫的劇本檔案，將今天聽到的話賦予敵對角色。討厭的人說出令人討厭的話，主角如同我的替身，他也絕對無法理解他們

所説的話，最後兩方爭吵，說出讓彼此更加憎惡的言語，增添故事趣味，讓角色更為生動。

啊！今天參加討厭的場合非常成功。現在我要打給最愛的朋友們了。

▌笑了、傷心了、睡著了

　　我該寫一些東西，且得每天寫。這個想法日日夜夜在我腦海中盤旋，但我卻什麼東西都沒寫，還找了藉口。

　　第一，不滿意書桌。現在用的塑膠書桌是大學校慶本來要被丟掉卻被我撿回來的，所以我對它沒什麼情感。後來決定花四十萬韓圜請設計傢俱的朋友幫我客製一張木製書桌，一個月後，客製的木桌送達了，被我放在窗邊。但這時，又有新的問題出現了。新書桌實在太漂亮了，美到不適合擺放電腦，也不適合原本書桌上的任何物品，所以我擺了一些平常不會用到的香氛蠟燭和可愛玩偶，新書桌漸漸變成房間的裝飾品，我還是得繼續用原來的塑膠桌子工作。

　　第二，沒有工作室。上大學的時候，我住在工作室裡。那時因為沒有房子，所以不得不住在那，當時我每天都在想「如果有房子就好了」，有了房子，什麼事都能做，心情可以安定下來。然而現在我有了房子，卻沒有工作室，特別感受

到工作室的必要性，生活與工作的空間需要分開才能寫出好東西，但現實狀況不允許我擁有工作室，我只好妥協，決定每天到最愛的咖啡廳寫文章。現在到了咖啡廳，又好像必須依照點的餐點決定我可以在這裡待多久，買一杯五千韓圜的茶大概可以待三小時，如果加點一片蛋糕，會是四小時嗎？前一兩個小時，老闆會來幫你填滿空的水杯，但再過兩小時，他就不再來倒水了，是時候主動離開了。一定要在尷尬的氣氛下寫字嗎？我在工作之前，光熱身就要花一兩個小時。

我每天背著筆電出門，但大部分都是背出去後連拿都沒拿出來，又背回家。走出戶外，邊散步看風景，到了咖啡廳後，沒多久又到飯點，吃完飯去運動，莫名就晚上十一點了。這樣是不對的。每天都在想我今天到底能不能好好寫文章，結果什麼都沒寫的日子竟然還如此疲憊不堪，令人疑惑。總之，我疲憊地回到家，為了安撫心靈，打開電視看我最愛的電視劇，美國搞笑藝人路易‧Ｃ‧Ｋ演的，我看著胖大叔的樣子，笑了、哭了，最後睡著了。明天我一定要寫出東西，一定！每天都想著要寫下東西。

自己變換社會。
別只當觀眾，
自己做動圖。
別只做動圖，
自己寫台詞，
自己寫劇本。
這些不是只有我能做的事，
但是是我可以做且正在做的事。
那，再見了。

——電影工作室的最後一次講座

개인이 사회를 바꿉니다.
시청자만 되지 말고,
짤방을 만듭시다.
짤방만 만들지 말고,
대사를 써봅시다.
대본을 써봅시다.
나 말고 다른 사람이 하는 일이
아닙니다.
내가 할 수 있는 일.
내가 하는 일입니다.
그럼, 빠이 —

- 영화 워크숍 마지막 강의에서

▌對不起
·····················

　　一直以來，我都認為「我是一位藝術家，我很棒，我比其他人厲害。」所以我從不與非藝術方面的人們有親密的交往，直到我去義大利西餐廳廚房工作那年，完全粉碎了我既定的思維。會去那裡，其實都是因為「喜歡藝術的」餐廳老闆。

　　那是家適合大家慶祝聚餐的餐廳。某天，我無意間看到餐廳貼著「招募員工」的公告，立即走進店裡和老闆說我想在這裡工作。老闆要我寫好履歷表再來，雖然我沒有任何餐飲業相關經驗，但我寫了想到這裡工作的原因是我想以「藝術家」身份體驗「藝術性的工作經驗」。當時信心十足地寫好履歷表遞給老闆，但現在回想起來，我寫的那份單子真是不堪入目。履歷上我寫了自己從十七歲開始連載漫畫和雜誌文刊，擁有各種不同插畫設計經歷，但這跟餐飲業一點關係也沒有，而且那時我還只是個休學的電影科生。不過剛好，那間餐廳老闆是一位喜歡藝術和電影的人，他說因為餐廳裡已經有很多專業的餐飲業人士，不在乎我是否有經驗，便錄取了我。

第一天上班時，廚房氣氛與我想的很不一樣，高大魁武的廚師姊姊們一點也不相信我能勝任這份工作，只覺得自己要做的事變多了。每天要排四位內場員工上班，我休假的日子和我上班的日子，氛圍差很多，因為我上班的話，其他三位廚師姊姊得另外分攤我的工作量。另外，我真的一點都不懂料理和內場工作流程，不知道自己該做些什麼，當然也沒有擅長之處。其他廚師姊姊們一直去冰箱開開關關，認真料理客人餐點，以及準備隔天要用的食材，食材大約是一週要用的份量，即使暫時到外場也不怕不夠用，而我實在看不懂他們在準備些什麼東西，所以我勤奮地洗碗，不讓自己成為礙手礙腳的人。不過說真的，洗碗不過是廚房工作的二十分之一而已。我一直找不到自己在廚房的崗位，促使整個廚房氣氛變得陰森森的。然在這期間，我還想樹立自信心，告訴自己我是一位「藝術家」，所以有沒有在這裡工作不重要，我來這又不是為了當一名廚師，理當不需知道料理知識，而且是老闆助長了我這個想法，如果老闆沒有助燃，其實我是很想好好工作的，可是老闆特別把我叫過去，對我說：「你

做不好也沒關係。」看似在鼓勵我，但又不是實質的鼓勵。再加上老闆自己也沒進過廚房，因此我繼續在廚房裡當一個絆腳石。跟大家相處不好，都是因為我太單純，相信老闆說的話，因而做出不懂事的行為。沒多久，廚師姊姊們看不慣我的態度，和我大吵了一架。在和解的過程中，我們進行了一番真摯的交流，但這之間我們仍有彼此冷戰的時候。

那麼，為什麼我要忍受這般被冷落的待遇，繼續在這工作呢？原因是那些知道我在廚房工作的朋友們。他們每個聽到我在廚房工作後，都笑著跟我說：「我相信妳過不久很快就辭職的！」、「妳不是做這塊的料啦！」因為如此，讓我產生一股傲氣。其實當初我自認為是一位「藝術家」，為了獲取「藝術靈感」才來廚房工作，所以當我發覺這份工作對我而言是辛苦又沒有任何意義的時候，直接就想辭職不幹了，只是我一想到那些周遭朋友聽到我辭職會嘲笑「我就知道妳一定會離職」，就有一股莫名的怒氣告訴自己：「我怎麼不可以了？我要證明給你們看！」

　　現在想起來，我可真厲害。那時一天工作
十一個小時，平均一週工作五天，剩下兩天，一
天固休、一天隔週休。不想認輸，所以我待在
廚房的時間越來越長，剛開始——現在看來真搞
笑，還很荒唐——我把碗洗一洗便跑出去畫畫
了，你們應該會說我瘋了吧！不過當我和廚房姊
姊們大吵一架又和好後，我們的關係從尷尬慢慢
親近，我漸漸開竅，明白自己應該配合他們工作
的節奏才對，後來也不離開廚房了。姊姊們看到
我想學習的姿態，也開始願意教我了。一步一步
學會在廚房工作的技能之後，發現自己過去做得
可真少，對他們真是不好意思。我總共花了八個
月的時間，才變得像是一個在廚房工作的人，久
到連旁邊看的人都覺得鬱悶。從旁協助我的廚房
姊姊們：榮賢（音譯）、秀妍（音譯）、秀靜（音
譯）、智恩（音譯），非常抱歉。

　　自然而然，我跟老闆的距離漸行漸遠，不再
踏出廚房和老闆聊天（其實是忙到出不去），也
開始討厭老闆明明自己也不懂內場工作的流程，
還鼓吹我，讓我變成一個自負自滿的人。現在，
我再也不因藝術家身份而認為自己是特別的，這

個思維已被我倒進廚餘桶裡了，現在我最重要的任務就是在廚房裡為客人精心製作料理。有了這樣的想法，我更拋開過去的成見——當時我真的是瘋了——開始重視跟廚房同事們打好關係這件事。另外我也很敬佩他們做了比我多二十倍的工作量，一早上班先烤麵包，再處理生鮭魚，同時還要煮五種不同的義大利麵，根本萬能，他們絕對是比我對世界更有貢獻的人。

我工作快要滿一年時，老闆大幅砍了全體員工一天的晚班。理由很簡單，生意變好，再來就要往「家族企業」發展，所以在這工作兩三年的員工還被多砍了一天早班。因為我只是個休學生，再沒多久就要辭職回學校復學，影響不大，但這大幅砍班的舉動，令廚師姊姊們非常錯愕，受到很大的衝擊。在被砍掉晚班的那一天，我們搭了火車去釜山旅行，呆呆望著大海。幸好後來姊姊們各自都找到更好的地方就職，而我也一一去他們的新職場吃飯。

事隔八年，我還是以藝術家的身份活動。但我和平凡的藝術家不一樣，我是一名會做義式料

理的藝術家。

■ 我們的工作是跳舞

在義式餐廳工作時，我首要的工作任務是負責在料理端給客人前淋上幾滴橄欖油、撒一些羅勒粉，以及刨起司粉作為「點綴」，再來就是洗碗了。我花了很長時間才脫離洗碗區，前往下一個階段：烤披薩、煮義大利麵，以及製作提拉米蘇和起司蛋糕。一天站在窄小的廚房裡工作十二個小時，無論冬夏，廚房總是很悶熱，地板也很潮濕，每個在廚房的工作人員都必須穿上橡膠鞋防止滑倒。站太久，橡膠鞋內就容易產生熱氣，我們偶爾會放一些冰塊在鞋裡，繼續工作。一早大家急忙準備食材，等待客人上門，一直忙碌到下午四點才有喘息的空閒，不料總會有一些晚吃午餐或早吃晚餐的客人，我還沒能好好吃頓飯又得折回廚房繼續工作到晚上十點。就算沒有胃口也要勉強吃一點，再整理準備關店。

某天，我拿了冷凍麵包送進烤箱，再到冰箱取出食材，又回烤箱拿出烤好的麵包，在麵包上放入食材，重新送回烤箱裡。重複這些動作的同時，剎那間靈光一閃，感覺自己的動作蘊藏著節

奏，彷彿在跳舞；另外，當我洗碗時，從左邊堆滿碗筷的洗碗槽移到右邊空的洗碗槽，重心不禁由左至右擺動。等我意識到，才發現連移動腳步去擺餐碗筷的時候、拿著攪拌器打發奶泡的時候，每一個動作皆藏有舞蹈的韻律，我還特地在地板上設置相機拍攝自己一整天待在廚房遊走的步伐，果真是如此。

我很早就想這樣做了，只是一直忙著生活便忘了。直到開始製作第二張專輯，我決定要為因工作而認識的朋友寫歌，他們邊工作邊成長，最後成為一位位了不起的職場人。我突然想起那時我在餐廳工作拍的影片，在小小廚房裡跳了十二個小時的舞蹈影片。除了我自己，我還想看其他人跳舞的樣子，因此接下來兩個月的時間，我每週都帶著相機去朋友們工作場合，拍攝他們的舞姿。

■ 悲傷的生氣

今天我只有一個想法，那就是「活得快樂」。

誰也不知道自己會不會意外身亡，因此，我希望可以一天比一天過得更沒有壓力，即使悲傷，也不要有壓力。我一直想要「活得快樂」，實際上卻不快樂，因此我常想，到底該怎麼做，我才會覺得快樂？自我深思過，也詢問朋友，最終得到的答案是「喜歡一個人的時候」，那是我覺得最快樂的時光。我很容易喜歡一個人，交了很多任男朋友，認識的朋友也不少。只要是我滿意的對象，我會直接跟對方說：「你好，我很喜歡你，我們做朋友吧！」有時吃得通，有時則會遇到閉門羹，隨著年紀增長，這種方式遇到閉門羹的機率更高了。以前還年輕時，這招很通用，很快就能和大家打成一片。

昨天我參加一位朋友的展覽開幕演出，是李斗遠（音譯）畫家的畫展《樹木有情萬里圖》。十年前，我住在保證金一百二十萬、月租十五萬韓圜的石串洞屋塔房，斗遠則住在我隔壁保證金

一百萬、月租十萬韓圜的屋塔房，同為天涯淪落人，我們馬上成為社區好友。當時，我很羨慕斗遠的月租比我便宜五萬韓圜。初次去斗遠家玩的時候，小小房間裡只有一個算是傢俱的書桌和鏡子，他在黑漆漆的房裡每天畫十幅畫左右。畫中有五顏六色的花樹和動物，其中以鳥、鴨和烏龜居多，我很喜歡他的畫裡有很多隻鴨子，我們互相交換彼此的畫作，聊了很多各自的喜好。準備回家之際，我們站在兩家中間的巷子裡互相揮手：「以後請多多指教！」

隔年，斗遠在上水洞的小型展場辦了他人生第一場個人畫展《悲傷的生氣》，其宣傳海報上畫了一位很久以前的畫家，畫家的表情看似悲傷又生氣。過沒多久，我也以同樣的主題做了一首歌：

在窄小的房間裡畫畫
收進破舊的包包裡
遇見朋友，開心地手牽手
我想和萬物親近
即使在黑暗的房裡，我也只想著花草樹木

即使在黑暗的房裡，我也只想著花草樹木

悲傷的生氣

悲傷的生氣

悲傷的生氣

悲傷的生氣

即使在黑暗的房裡，我也只想著花草樹木

即使在黑暗的房裡，我也只想著花草樹木

悲傷畫畫的畫家消失了

因為在黑暗的房裡，所以我只畫花草樹木

　　今天早上起床前，斗遠打了兩通電話給我，醒來後我立刻回撥，他說：「喂，你知道望遠洞的咖啡廳吧？我在那等你，快出來，以我們的交情不用化妝啦！」一講完就掛電話了。我趕緊戴上太陽眼鏡出門，到的時候，斗遠已停好摩托車，站在咖啡廳門口等我，他一見到我就開始炫耀他的摩托車，還刻意選了一個有戶外座位的咖啡廳。正當我坐下來想炫耀太陽眼鏡的時候，斗遠遞了一個寫著「李瀧的辛苦費」的信封給我，我接過並打開，裡面有好幾張五萬韓圜的紙鈔，說是當作我在開幕會演出的報酬。

我們聊了有關「成為大人」的話題。關於我們經歷了只能互相炫耀畫作的兩人時期,現在已成在江南知名畫廊展示畫作的人;關於我們可以賣一幅幾百萬或幾千萬的畫作,成為有能力付辛苦費給朋友的人;以及自從那天互相揮手說「以後請多多指教」就再也沒分開過的我們。

要給到哪時候

　　專輯發行後，因各式各樣的專訪與宣傳拍攝，認識了平時不會遇到的時尚人士。偶爾品牌贊助拍攝的時候，拍完都會收到他們的禮物，我第一個禮物是運動品牌 New Balance 的鞋子；在 New Balance 鞋被我穿得鬆垮的時候，我又接到另一時尚品牌的拍攝，收到了商品券，我用它換了一雙 Diesel 的運動鞋；而 Diesel 鞋底被磨破的時候，我又收到 Fred Perry 贈送的鞋子；鞋子再度要被我穿爛之際，便接到 VANS 星際大戰聯名款的拍攝——因為我的專輯中有一首歌《請給我綠茶》，歌詞裡有談及星際大戰的角色尤達——所以我又收到了 VANS 鞋。還有去年不知吹了什麼風，竟有人邀我去參加 Chanel 外套的拍攝，和頂級模特兒金元中、演員鄭恩彩等大人物一起出現在雜誌內頁裡。當時負責監督拍攝的工作人員送了 Chanel 的化妝品，年末時更寄了一些商品和感謝信給我。

　　每次收到禮物的時候，比起開心我更感到害怕，一直想他們到底為何會送我？已經很感激他

們付我工作費了，拍完後還要送禮，特別令人不安：「為什麼要給我？」、「你們要給到哪時候？」收到禮物的當下都很想表達我的謝意，卻不知如何聯繫，即使問了雜誌社工作人員，他們也無法取得品牌負責人的聯絡方式。

　　最近我常使用 Instagram，看到我追蹤的 G-Dragon 和 CL 等大明星上傳的照片，相信他們應該也收過很多禮物吧！每次他們收到禮物後，都會拍認證照，打上「謝謝＋品牌名稱」的 Hashtag 上傳。我很好奇這些常收到禮物的藝人們，對於收禮這件事已經習以為常了嗎？習以為常的心情是怎麼樣的？如果我不過是收了這點化妝品，就把收禮這件事當作習以為常的事（當然目前是沒有），該怎麼辦？我害怕自己會習慣收禮。

　　出社會後，大家互相來回送禮的機會越來越多，我會邀請別人來看我的演出，送專輯、書本給他們；其他音樂人也會邀請我去參加他們的表演，收到親筆簽名的書籍或專輯。受邀去看音樂演出、話劇或試映會的次數越多，我越容易去想

「假設哪天我不再受到他人邀請的話會怎麼樣呢？」我從十幾歲起，便在弘大闖蕩江湖，江山一代換一代，過了好幾年。一開始，我遊蕩是為了獲得他人的邀請，現在我則是因為他人的邀請不得不遊蕩。再過十年，我會去哪呢？會不會沒人邀請我，所以只能一個人孤單在家，最後獨自去登山遊蕩呢？

▋ 好玩嗎？

　　我沉默、掙扎，心情莫名起伏，我想最大的
原因應該是「找不到好玩的」。我曾下定決心
要把生活過得有趣，可是我又不知道什麼是有
趣的，在下決心之後，更找不到好玩的了。我想
尋求一些刺激，但又不知道該做什麼才能獲得刺
激。歌唱了、舞跳了、畫也畫了，也寫了文章、
拍了電影，演戲和開演唱會全都試過了，所以真
不知道還能做什麼，因此我帶著煩悶，騎腳踏車
出門了。最近我習慣在晚上騎腳踏車出門，通常
是晚上十點左右，偶爾會超過十一點才出去。我
都是沿著漢江一直騎，碰見死路才折返。由於加
陽大橋往日山那條路正在施工，我騎到那裡就原
路返回。晚上在那裡看不到任何人影，非常陰森
恐怖，我一想到那場景就嚇得肚子疼，從那邊騎
回家需要一個小時。不過，每天走同樣的路線，
現在也覺得膩了。

　　某天騎腳踏車出門，由於厭倦同樣的路線，
途中決定拐彎到一個玩極限運動的場地，這裡
有很多練習花式腳踏車或滑板的人。反正現在

111

我騎著腳踏車，不如來挑戰看看，我自己心裡有數，畢竟我騎的是那種只適合逛街買菜的一般腳踏車，肯定會失敗，但我現在就是想找尋「新樂趣」。先從最矮的斜度開始試，我使出全力爬上坡再快速滑下來。哇，好爽！我再換另一個更陡的坡，一股腦地拼命踩踏板，衝啊……誒？腳踏車爬到一半自動停下來了。我沒踩煞車，於是腳踏車順勢滑落，此時此刻我的大腦和心臟告訴我：「啊！要摔跤了，小心後腦勺！」剛好目光飄到一位玩花式腳踏車的少年，我們互相以驚恐的表情看著對方，而我一邊尖叫一邊往後退，雖然僥倖沒摔倒，但那一刻我真的是嚇得花容失色，心臟跳個不停，大腦也跟著變得不靈光。一不小心，我誤闖進旁邊的蘆葦田散步區，入口告示牌已經提醒腳踏車禁止進入，因為蘆葦田散步區裡總有許多蟲子，地面也凹凸不平，故不得腳踏車進入；再者，騎腳踏車進去會嚇到區內休憩的鴿子們，鴿子飛行的速度很慢，腳踏車的速度很容易撞上牠們。但我誤闖了進去，車輪因下坡加速，想停也停不下來，結果一路發出怪聲。停下後我趕緊離開蘆葦田區。

過了一會，終於回到平坦的腳踏車道，車速逐漸緩慢，但我的腦中變得很複雜，雖然還處於驚嚇的狀態，可我卻浮現「剛剛是不是有點好玩？」的想法。衡量剛才發生的狀況，直到回到家，心情慢慢鎮定，又開始煩惱明天該做些什麼？

　　要做什麼我才會覺得好玩呢？

▌戴笠

　　我網購了一頂笠帽，打算運用在日本的演出上。下單幾天後，笠帽送到了。它意外地有點大，還很高又很寬，完全放不進行李箱或背包裡，我只好戴上它出發去日本。第一次戴笠帽走在外面，既搞笑又覺得丟臉，但走在機場、轉乘列車還有地鐵的路上，我漸漸忘卻自己正戴著笠帽，對他人的異樣眼光也開始不以為意。

　　戴上笠帽後，門和天花板看似矮了一階，常被卡住。以前古人戴笠帽的時候，門和天花板一定比現在高很多吧！因為夠高，笠帽才看起來很帥，就算戴上更高的帽子也不會有不便之處吧！但我家的天花板矮，地鐵天花板也很矮，甚至咖啡廳、餐廳，到處的天花板都很矮，所以有種壓迫感，無論是思考、行為，甚至聲音都被壓迫了。

　　我想住在宮庭裡，因為住在宮中我的思考一定會比現在更高更廣，製作出來的歌曲也會比現在更有深度、更好聽。如果大家都一起戴高高帥帥的笠帽出門，不知該有多好，它跟現代服裝真的很搭。

▌神是厲害的傻瓜

　　我喜歡探討神。我常有一些玩笑般的想法，不一定是跟宗教有關，但我深信「創世主」的存在，並且很尊敬祂創造的業力。不過每次想到「神」的時候，我第一個浮出的想法是祂一定很傻，因為這世上存在著比祂更寬廣的世界及宇宙。

　　我試著跟在我身邊、又最接近神的創造物「純一」說話。純一是我養的貓，毛髮覆蓋全身，身體和手臂是黑毛，肚子和四肢卻是白毛；臉像戴了面具般，黑毛覆蓋到眼底下，而鼻子和嘴巴周圍是白毛，加上牠粉紅色的鼻子，非常顯眼。在貓界，像純一這類的貓被稱作「燕尾服貓」，因為很像是穿著黑色燕尾服搭配白色長夾的紳士。我該怎麼形容？沒用處的帥氣？

　　雖然我和純一相處了十年，可我還是每天讚嘆牠身上這般沒用處又帥氣的外表。相較於我這個身穿寬鬆毛衣和破褲，嘴巴還叼著煙的哺乳類，純一的穿著真帥。可是，為什麼牠那麼帥氣，

在我忘了帶鑰匙的時候，卻不知道如何幫我開門呢？我該如何解讀這般又帥氣又笨的神呢？

偶爾我會模仿純一，試圖去理解牠的思維。在家附近冰淇淋專賣店買了各式各樣的冰淇淋，店員打包時，會放乾冰以防冰淇淋融化。一到家，我把冰淇淋放進冷凍庫裡，乾冰則丟進接水的臉盆，這時臉盆中緩緩冒出冷煙，我托著下巴看著飄散的煙霧，並心想「現在，我們來創造吧」。

大概神就是這樣創造人事物的吧？在什麼都未成形之時，從煙霧中看見「純一」的影子。牠擁有白嫩嫩的雙手，全身黑漆漆，屁股後面長了一條尾巴，鼻子是粉紅色的，耳朵從大頭往左右兩邊竄出，可是神沒賦予牠開門的能力。

無論肉眼是否可見，神創造之物皆很怪異，特別是不可見的創造物。雖肉眼看不見，但它確實是神之造物，如「戀愛」、「嫉妒」和「恐懼」。其中最怪的是「戀愛」，看似多餘，但我們又很需要，不管你是否在談戀愛，它都是個折磨人的東西。到底神為什麼要創造這奇怪的東西呢？我

喜歡一個人，當然會對這個人充滿關心，希望他
只看我一個人，若他對我絲毫沒有半點意思，我
就心情焦慮——不就是焦慮嗎？為何要害怕？
——於是我不斷向他表達愛意，甚至做出一些傻
事，只求對方能對我更加關心。終於在聽到他說
「我也喜歡你」了，剎那間我又會有「也許我的
身邊會出現比他更好的人？」的念頭；覺得孤單
時，我會想去他家找他，但如果換作是他今天說
想在我家睡的話，我反而會覺得心氣不順，為什
麼？

　　聖經曾說人類是模擬神形象所創造的。神說：
「我們要照著我們的形象、按著我們的樣式造人，
使他們管理海裡的魚、空中的鳥、地上的牲畜，
和地上所爬的一切昆蟲。」神照著自己形象造人，
乃是照著他的形象造男造女。（創世紀 1:26-27）

　　到底神的內心有多糾結，我才會長成這樣？
不久前，我和交往三年半的戀人分手了。包括他
在內，我的前男友們都曾跟我說過一樣的話：「你
只在乎你自己。」我認為這點是我跟神最相似的
特點，因為神只知道自己，所以祂才會賦予人類

「自由意識」，但若不祀奉祂又會遭責罰。當初亞當和夏娃經過自由意志，偷摘善惡果吃，神大怒將兩人驅逐至伊甸園，直到他們死為止。這份罪世世代代相傳，最後誕生出像我這樣的後孫，拼命工作，還要以醜老的樣貌終結生命。神自私又嫉妒心強盛，與我層次不同，雖然我對戀人會產生嫉妒，但至少不會想讓他死。

萬物皆有生命的盡頭，這樣的定律真令人不爽。有時我常想不如儘早自我了斷，我厭倦了「只有我自己知道」又「無解」的人生，但同時，我又希望自己成為神，永生不死。現在活到第三十個年頭，如果我能再活三百年，人生是不是會變好？大概是不想活得像現在一樣「無解」吧！

話說，我還沒說為什麼我會相信神的存在。

那是一個傾盆大雨的夜晚，我和純一都怕得發抖，雷電交加以致於無法入睡，雷聲大到窗戶瘋狂搖晃，瞬間我突然脫口說了一句：「我錯了！」現在聽起來雖然很可笑，但是當時是很真心的，可能是怕祂殺了我，因為我玩弄乾冰，所

以我不斷祈求神，希望祂看我可愛，求祂放過我。
從那之後，一有雷聲響起，我都會祈求祂原諒我
的過錯。

이랑의 업데이트가
완료되었습니다♪

李瀧的更新完成了

하~세상 편하다~

哈～世界太平

엄마

媽媽

왜

幹嘛

안아줘

抱我

...

▋ 模仿那個人

在弘大有一間書店名為 Your Mind，店裡有一個活動叫《Unlimited Edition》，是每年在秋季開辦的書展。美國《赫芬頓郵報》是這樣介紹它的：「世界各國都以城市為名辦書展，唯獨韓國首爾不曾以首爾之名舉辦書展。故 Unlimited Edition 已經是第六年扮演首爾書展的角色了。」

活動一個月前，Your Mind 書店的李羅（音譯）先生聯繫我，提議將我正在撰寫的電影腳本部分製作成小短劇，作為 Unlimited Edition 的展覽節目之一。會來參觀展覽的大多是喜歡看書、文化交流，以及欣賞藝術的人，正是公開戲劇作品的好機會，因此我懷抱著期待欣然答應。距離正式演出所剩的時間不多，我得趕緊聯絡能一起參與的演員們，沒想到大家都直接答應，僅僅花了一天便決定好所有表演陣容。

接下來，我需要做的事情是構想表演內容。那個……我有演戲經驗嗎？大學時期在老師面前的即興表演，算嗎？真不知道自己是哪來的自

信，沒什麼經驗還接下這項重大的戲劇表演。算了，別想了，還是趕緊先確定腳本內容吧！一陣苦惱，我突然想起九月去日本時曾看過的節目錄影現場。

那時剛好有個機緣，我受邀參加過兩次六本木朝日電視台《毒舌糾察隊》[1] 的節目錄製。據2013年末的調查結果，《毒舌糾察隊》是日本收視率最高的朝日紅牌節目。雖然我會日文，但我的日文程度要跟上綜藝或搞笑仍有些困難，因此錄影的這幾個小時難以專注，視線常四處飄散，不自覺觀察起他們節目錄製的運作流程。其中最吸引我目光的，是一個獨自坐在台前藝人們與攝影機後方兩百名觀眾間的人。他是加地倫三，雖然我不認識他，但問了朋友，才知道他是現在日本最有名的《毒舌糾察隊》和《男女糾察隊》[2] 節目製作人。

---

① 《毒舌糾察隊》是日本朝日電視台自2003年開始製播的綜藝談話節目，由搞笑藝人團體雨後敢死隊主持。
② 《男女糾察隊》是日本朝日電視台的招牌綜藝節目之一，主持人為搞笑團體倫敦靴子一號二號，從1999開播至今。

我會一直看著他，是因為他在現場看起來都沒在做事。錄影現場大家都在忙，工作人員拿道具到處奔跑；藝人嘉賓忙著講一些好笑的事；攝影師提著沉重的攝影機拍攝；節目製作助理手握簿子到處忙走……這些人之間只有他坐在椅凳上托著下巴，可是全場似乎都要看他的臉色，連經驗數十年的藝人想暫停休息，也只能透過眼神暗示「要不要休息一下？接下來要怎麼做？」。這時候，每個人都會放下手邊的工作等他開口，他輕輕移動拄下巴的那隻手示意大家繼續錄，而我繼續看著他的背影。

　　他就像颱風眼的存在，手上不拿任何東西，卻是現場所有人的領袖，與台前藝人間互相產生一種連繫。那感覺很棒，我也很想成為像他一樣的人。我決定好表演要怎麼呈現了。

　　打著戲劇的名號，我寫了一個看似不像戲劇的秀場表演。演員們讀完劇本後，我坐在觀眾和演員們之間負責演技指導，偶爾會突然轉向對著觀眾說話。我很喜歡坐在中間負責調節台前演員們與台後觀眾們所產生的緊張感，我選擇模仿那個人——加地倫三，是對的。

▌新歌的房間

　　《新歌的房間》是我新一期的固定表演，其主題是展現兩位音樂家一起製作歌曲的過程，除了每月我的固定演出之外，還會有另一位未事前預定的嘉賓。我們於當天演出時決定環節、音樂旋律和歌詞，差不多作好曲後，立即錄音修改，大概花上兩個半至三個小時，直到歌曲製作完成，整場表演才算結束。在日本有一個同樣模式的表演《東京巷弄》，從今年一月開始每個月公演。今年初，我無意間去看了這場演出，真心愛上它的表演形式，看完表演後便拜託正在策劃《新歌的房間》節目的 Tatsu 和每個月固定參與的音樂家 Kurooka 讓我在首爾舉辦相同表演，幸好他們非常痛快答應，終於在同年的十一月首次開辦《新歌的房間——首爾》。

　　製作第一張專輯時我寫了好多首歌。當時寫歌對我而言輕鬆自如，因為我有很多想跟大家說的話；認識的旋律也不多，許多弦律是新穎而未知的，因此每學會一個弦律，並用新學的旋律製作一首新歌，非常有趣。但後來，我習慣使用同

一種弦律、想說的話慢慢變少，就不再這麼常創作了。偶然碰見同行，聊到「你有在寫歌嗎？」大家都有相同的困擾。「創造新歌」對音樂人而言，是最快樂的事，也是最討厭的作業。

那天，兩位音樂家在未事先說好的狀態下完成了各自的新歌，那個過程看起來真快樂。他們目標不在寫「好歌」，而是「有趣的歌」，當然有一部分原因是因為這是一場表演。固定參與的音樂家、嘉賓和社會人士彼此論述各自的故事，一邊喝酒一邊搞怪寫歌，在後方小白板上寫歌詞，試著唱唱看，有時唱錯，有時修正，中間也參雜了許多玩笑，正疑惑「究竟能完成嗎？」的瞬間便做好歌曲了。雖然我在日本時曾以觀眾的身份體會台上音樂家們完成新歌的喜悅，但現在換自己完成一首歌的時候，真的全身起雞皮疙瘩。這樣的歌曲不經由「計算」，而在嬉笑之中完成錄音，許多未事先定好的部分，就由大家即興演唱去完成作品。當然，畢竟演出的兩位皆是音樂人，要即興寫歌不算難事，但玩笑中誕生的歌曲，相較於那些刁鑽於技術而製作的歌曲來得更有魅力。雖然以觀眾的角度感受完成歌曲的

「剎那間」快感很棒，然親自經歷更令人感到興
奮。第一場表演的兩天前，我寫了這段話：

　　我好久沒有這般充滿刺激的期待感了。

▌逃亡

　　二十九歲，是痛苦的一年。我遊走國小、高中、Mediact[1]，以及性暴力被害者中心，到處教音樂課導致身體疲憊不堪，賺了那麼多錢都是為了要製作第二張專輯。本來是想休息慢慢做，但卻因公司某些問題導致延期，從三月、六月到九月……每三個月延期一次，最後終於無法忍受，我對著老闆生氣、大吵大哭，甚至說了一句很白痴的話：「我不想在三十歲出第二張專輯，嗚嗚嗚。」

　　我不想在三十歲出新專輯。三十歲，莫名會被貼上「應成熟一點」的標籤，似乎不該寫出一些很傻的歌，所以我討厭三十歲出專輯；另外，我很喜歡二十九這個數字，二十九剛好是即將結束二字頭，迎接三開頭的一條界線，裡面收錄的歌曲正是述說這個界線的故事。我把打算收錄在第二張專輯的歌曲 DEMO 都準備好，只差錄音了。不過等著等著，一整年就過去了。九月的時候，我腦海中充斥著「今年完了！」的想法。

---

①韓國影像媒體中心。

所以，我想逃亡，但該逃去哪？這一年過得這麼不順遂，我不想在二十九橫跨三十的那天待在吵鬧的首爾。

此時，我無意間在金聖日（音譯）詩人的工作室遇見一位聽聞其名卻不曾見過的朋友，我們一路聊到隔天早上。他的本名是尹漢達（音譯），很有趣的名字，是位韓國人，以前長期居住菲律賓，現在父母仍留在菲律賓，經歷非常特殊。聊了一會，漢達的活潑和即興表演能力不亞於我，我一下子便淪陷於他的魅力之中。我們彼此一見鍾情，每天想見面想到心急如焚，宛如一場熱戀，彼此面對面就很開心，一路聊到晚上還是不想分開，招待他到我家繼續聊未完的故事，結果熬夜聊了一整夜。漢達講在菲律賓的故事真的很有趣，一個非常貧困的地區以及在那渡假休閒的韓國人發生各種的趣聞軼事。

我不曾富有，十六歲便休學，十七歲開始在《Paper》雜誌社連載漫畫，十八歲離家出走至今，自己賺錢自己用，從大學第一學期開始申請

就學貸款，一畢業即背負兩千萬的債務，根本不可能出國渡假。貧窮卻擁有大自然之美的地方——杜馬蓋地，聽漢達訴說住在那的故事，我下定決心要跟他一起去看看那座島，去漢達父母在菲律賓的住所體驗貧窮的享樂。為了二十九年來未曾享樂過的我、今年發不了專輯的我，決定訂了機票就出發，我要在這座安靜之島，一邊吃水果，一邊看海。

　　漢達現在是我如寶石般珍貴的渡假朋友。

▌再次往大海，迎接死亡

生平第一次到菲律賓渡假，後遺症非常嚴重。休閒渡假真的很棒，在菲律賓，連我這種等級的韓國市民都能在最高級的西餐廳享用餐點、在最高級的渡假飯店盡情游泳，快樂到我好像又能再努力拼一年了。但問題是，回到韓國後我卻沒力氣工作，事隔不過兩週，「工作的幹勁」一下子就消失了。我不像室友每週要工作五天，早上八九點要到公司上班，生活庸庸碌碌，但我真的一點力氣都沒有，上面這些文章也花了很多時間寫。

如果你問我最喜歡哪段時光，我的回答是考取潛水資格證的日子，那是出乎我意料之外卻發生在我的人生裡的一件事。當時只因同齡朋友說他想要考取潛水資格證，沒多想就陪他一起報名了。每天研讀筆試考題的理論、到 3.5 公尺深的泳池練習潛水。隔月我們到海邊實戰演練，四十五分鐘的潛水要練兩次，第一次與第二次之間必須休息一小時。因待在水裡會受到水壓影響，所以我們休息的時候需要離開水面，故又稱

「水面」休息時間，朋友卻誤聽成睡覺的「睡眠」，還苦惱著該在海邊哪裡睡覺[1]。

有次水面休息時間，我坐在海灘上哭，哭的理由是覺得自己「做不好」。我書讀了，也戴上裝備接受訓練了，背上沉重的氧氣筒和鉛製腰帶潛進水中，我必須相信身上這些重累累的裝備，緊咬著呼吸器沉入水裡。用嘴巴呼吸是我覺得最陌生的動作，潛水指導教練示意我和朋友潛下水深 22 公尺的地方，那時我特別害怕，而且我們到達目的地後須拔掉呼吸器拍紀念照。即使我們泳池演練時有練習過，但實際要到海深 22 公尺之處拔下呼吸器，心裡還是很掙扎。由於水中光線折射的關係，人的體型看起來歪七扭八。這些人當時毫不猶豫就拔掉呼吸器，因為在水中無法講話，我內心想著：「這些人都瘋了吧！」。最後我們終於完成四十五分鐘的潛水實戰練習，游出水面休息時，我的心情彷彿生死走一遭，結束這次瀕臨死亡的體驗。

當然，我們在大海中可以看到很多美麗的生

---

①水面和睡眠的韓文相同唸法。

物群,是在陸地上無法見到的。這裡是一個未知、不會去幻想,讓人呼吸不順暢,還不能和朋友說話的地方,是最臨近死亡的地方,一生令人無法忘懷。假設神存在,會不會因為我潛進這裡就把我殺了?比照以前那些人們建造一座能夠通天的巴別塔而被神懲罰一樣,我在水面休息期間大哭了一場,決定再也不要潛水了。

可過了一小時,我再度回到水裡,只因為不想浪費報考資格證所付的五百美元。

夜晚為什麼可怕？
在晚上可以走進海中嗎？　　不，別走，
　　　　　　　　　　　　　　別再過去了。

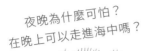

是啊！如此可怕，
怎麼有辦法走過去呢？
從這一～直走下去的話，
我們都會認為會死，好奇怪。

能寫，能做

待在家的時候，我常想著要「做些什麼、寫些什麼」，但一整天什麼也都沒做。經過一番苦惱，昨日我決定搬到家附近的公共工作室，拜託一位有車的朋友幫我搬書桌和行李。

我搬到一家名叫 Badbedbooks 的出版社兼共同工作室。空間很大，大概有八九個位子可以使用，一個位子附一張桌子。由於我較晚搬進來，沒得選，只能坐在靠門邊，像是接待櫃檯的位子。我對面是一位寫詩的朋友，我和那位朋友座位之間有沙發、大桌子和暖爐，兩人的距離蠻遠的，常常我們工作到一半，也不對視就空揮擊掌——美國電視劇《Office》裡曾經有一幕是櫃檯員工和一名職員一起捉弄同事，兩人偷偷空揮擊掌慶祝惡作劇成功的場面。我的書桌旁有一個書櫃，放的全是之前待在這裡的人寫的書。這裡有很多是想闖進文壇的人，或是文字工作者，環境氛圍特別文青。我一個人在家的時候，會跳舞、唱歌和彈吉他，但我在這只能專注寫文章，而且我的工作需要大量寫字。

　　大學時期，我也曾住過公共工作室，當時有個朋友是現在的出版社代表金聖日（音譯），我們和其他三位朋友共用一個工作室。雖然我讀的是電影系，卻對製作電影沒什麼興趣，那時我想成為插畫家，畫了很多作品，整天在工作室畫畫，到晚上就和大家聚會打撲克牌。工作室裡有幾個大書櫃，上面放的都是夥伴帶來、借來或偷來的書籍，可是畢業後，我們要騰空工作室，行李箱放不下那麼多東西，所以大部分的書和傢俱都只好留在這裡，只帶走一些可以搬回家的。看著工作室，我的心情就像是被趕出家門，覺得傷心，因為這裡，我真捨不得畢業。那之後，我每天忙著賺錢繳月租，根本無法想像自己能擁有一間工作室。但去年聖日在望遠洞開了一家出版社兼工作區，我猶豫許久到底要不要搬過來，現在不如從前，我開始有點害怕與一些算不上是朋友的人共處，但都年過三十了，已是成熟大人，連這一點也辦不到嗎？況且，我待在家什麼都寫不出來，是該換地方做事了。我可以的，我是大人了，所以現在，我即將開始我的新生活。

正在努力了嗎？

自大學新鮮人時期開始，我便常在同樣花色的手冊上寫字。我身上有很多本手掌般大小的同款黑色手冊，雖然偶爾也會厭倦相同樣式，會換個大小或內頁隔線不一樣的本子，但後來我發現還是空白頁最好用。

三十歲了，不是說三十歲要打掃，但總之我整理了房間。整理的時候，發現以前寫的大量手冊，之後幾天我都帶著它們出門，有空就翻閱重溫。不管是哪一本手冊，第一頁都寫著我的名字、聯絡方式，以及遺失時若有人撿拾歸還的話，我將犒賞兩萬韓圜作為感謝金。但不知從何起，感謝金變成十萬，表示我賺的錢更多，這些文字更為珍貴了。

某一本手冊的第一頁有李滄東導演親筆簽名。十六歲高中休學後，我曾去過畫室，接受老師指導準備報考美術大學，但最後卻落榜了。那之後我不知道自己該往哪走，不料機緣下看了一部電影《薄荷糖》，看完後我躲在房間哭了一

整天。那刻起，我深深著迷於電影，並因為我喜歡的那部電影導演在韓國藝術綜合大學擔任教授，便起了想進這所大學的念頭。未跟父母商討，就遞出文件報考，什麼都沒準備，一心只想見到李滄東導演，最後以一張白紙的狀態進了考場。有一考題要我們閱讀新聞報導後寫下「摘要（Synopsis）」，當時我並不懂 Synopsis 是什麼意思，問了助教，滿頭大汗的助教說是摘要的意思，我才能順利解題。通過第一次與第二次的筆試，既開心又有點害怕，最後一關面試時，我說了關於《薄荷糖》的事情。當時我決定等考上之後，一定要和李滄東導演分享這個故事，還要跟他拍照簽名。沒想到考上之後，我竟對電影一點興趣都沒有，反覆休學又復學，過了五年才終於上到李滄東教授的導演課程。二十一歲看《薄荷糖》大哭了一場，二十五歲終於坐在這部電影的製作導演面前，花了超長的時間。而且這五年來，經歷各種試煉，我才有那麼一點點喜歡電影，不過我還是很萬幸自己當初的那份衝勁，才能有機會上他的課。

　　某天下課，我拿著手冊請老師在第一頁簽

名，他安靜地看了我一會，表示很難為情，還説了一句別這樣，但仍是親切地幫我簽名，旁邊更加了一句：「努力加油！」我真的好開心，尤其是那個驚嘆號，好開心啊！

　　看到珍藏已久的簽名，心酸了。我「正在努力」了嗎？現在我雖然是一位創作者，但我怎麼努力也不像他一樣是個「大導演」。為什麼會這麼想？可能是我的潛意識裡，對「大導演」的印象是頭要大吧？

　　那我可以是「什麼」呢？

▌打手語罵髒話

　　我朋友寶拉（音譯）的父母兩位都是聽障人士，寶拉平時說話也比其他人有更多各式各樣的手勢和豐富的表情，因為她每天要用手語和父母溝通。當我得知的時候，對此很感興趣。以前總以為隨便亂比就是手語，但手語不僅是手勢，還需加上表情，兩者結合形成一種語言。舉例來說，「很高興認識你」的手語，若只有手勢，他們可能不能會意，反而造成誤會，所以必須加上開心的表情才能正確表達「很高興認識你」的意思。此外，打手語的時候，目光要看著對方說話，不能只看手。互相對眼的同時，因視野廣泛，還是能看見手勢，通常聽障人士的視野比一般人寬廣，察言觀色也是一流的。

　　去年女性電影節時，寶拉製作的電影《閃亮的拍手聲（Glittering Hands）》上映，我很開心能參加試映會。電影結束後有一段與觀眾對話的時間，寶拉帶著父母和弟弟出場打招呼，主持人請觀眾為寶拉的父母鼓掌。如電影標題，拍手的手語是兩手放在耳邊做出「閃亮閃亮」的動作。

由於先前在電影裡已出現過同樣的動作，每個觀眾都已經學會該怎麼做了，全場的人開始用手語拍手（該說拍手嗎？）。我雙手在耳邊做動作，眼睛環視安靜的場內，大家都很認真在做「閃亮閃亮」的動作。那瞬間，我感受到這就是寶拉父母體會到的世界啊！就這麼哭了。

活動結束後，我和寶拉的父母打了招呼，因為我不會手語，故假勢做出彈吉他的動作，並指著寶拉做打鼓的樣子，想和他們傳達我和寶拉以前一起唱歌表演很愉快的故事，但太難了。我連手語的「你好」、「很高興認識你」都不會，感到很不好意思。

回到家後，我看 YouTube 學了一點手語，像初學日語那時，特別勤奮。經過反覆背誦，我開始期待使用剛學會的語言與新認識的人們「對話」，心情也變好了。至少下次我和寶拉父母見面的時候，可以打手語跟他們說：「您好，很高興認識你們，我叫李瀧，是寶拉的朋友。」

其實我學手語還有另一個目的，我想在人很

多的表演場合和身旁朋友一起罵人。我很常說髒話，講話時常參雜很多髒話，也很常罵別人。說髒話是一件很有趣的事，我認為髒話不過是一種表達方式，對媽媽說話的時候，我也很常講「靠北」。

從國小五年級開始，我就很會說髒話，六年級時達到最高峰，甚至過年過節在奶奶家和親戚們吃飯的時候，不小心把熱湯灑了，便脫口「幹」，那時大伯父看我的驚慌表情，至今仍記憶猶新。我爸是一位很會說髒話的人，不知道是不是因為這樣，我才這麼會說髒話，而且我媽也變成一位很會說髒話的人，依序地姊姊、我、弟弟，個個都很會說髒話，我們家變成一個愛說髒話的家庭（所以家庭教育很重要）。小時候很害怕爸爸說髒話，但媽媽姊姊也都開始說髒話後便漸漸習以為常。到了國中，認為和朋友們之間說髒話是親密的表現，所以我們之間的對話，髒話佔了一半以上。

即使現在三十歲，我仍不斷地說髒話。對我而言，髒話不過是表達的方法之一，但有些時候

我們沒辦法隨便說髒話，像是非常吵雜的場合，說了也聽不到，或者是周邊有太多認識的人的情況，因此我有了學手語的念頭，先從子音母音，再來學打招呼和感謝語。可是只有我一個人會手語有什麼用，如果我用手語說髒話，旁邊的人看不懂那就沒意義了。我勸大家和我一起學手語，但大家都是忙碌的人，沒有空，即使我教了他們幾個手語，一樣玩不起來，所以現在仍在煩惱該怎麼有效地在吵雜的表演場內說髒話。

你算什麼[1]

　　我喜歡一個男孩子。那時我有男朋友，後來發現他也有女朋友。我喜歡這個男孩子的時候，我人在國外，而他是日本人。

　　他是我朋友的朋友，最後他也變成我的朋友。不知他如何知道的，但我一抵達東京，他就來到我表演的地方。他提著一個包包，裡面裝滿了要送給我的禮物，我看他可愛，摸了他的頭，他也回禮摸了我的頭。那時我只單純覺得他可愛而已。禮物包裡有漫畫書、CD、餅乾、綠茶、貼紙、徽章，和他的表演公關票兩張。幾天後，我打扮地漂漂亮亮去看他的表演。那個場地是在地下的大型俱樂部，舞台打造成擂台的模樣，台上有獨立樂團在演奏，我看到了戴上耳麥跑來跑去的他。從那天起，我突然不覺得他可愛，而是以一位成熟的大人來看待了。

　　他成熟的樣子超帥，於是我拋下隔天回韓的

①韓國歌手 G-Dragon 第二張專輯《COUP D'ETAT》收錄曲。是作者當時最常聽的一首歌。

機票去看他工作的樣子。那天他在酒吧工作，感覺特別冷靜穩重，動作非常熟練，光看著他心情就變得好好。他不工作的時候，跟平常看見的男孩子沒有兩樣，二十四歲的他偶爾還是很吵鬧、活潑。我刻意取消機票想多看幾眼他工作的樣子，但他卻跟我說隔天他要回故鄉了，所以我重新訂機票回首爾。

我們經常聯絡的那段期間，我一邊想著他，一邊做了一首歌。那首歌製作經過是這樣的：某天早晨，我躺在床上半睡半醒，反覆念著他的名字，開始唱起歌，漸漸成了一首曲子。他的名字是我不曾聽過的外國名，我不知道他名字的含義是什麼，但反覆念著念著，就做出一首如他名字般的歌曲。

相隔六個月，我們又重逢了。在東京相遇時，大家一起喝酒玩樂到天亮，在眾多朋友們之中，我們沒有機會兩人獨處，而且雙方各自有男女朋友。就在去搭第一班車回家，從朋友家走到車站那段非常短的距離，我和他終於有獨處的機會。我很睏又有點醉，完全忘記要給他聽我做的那首

曲子，直到在新宿站要分開的時候才想起來，趕緊跟他說這是我為他做的歌。他說他想現在聽，我們便走出車站。

　　這時間我們哪都去不了，只好到麥當勞，店內正播著麥可傑克森的歌。一點都不浪漫的麥當勞，我們在二樓面對面坐下。我喝著咖啡，他戴上耳機聽歌，雖然裡面都是韓文他聽不懂，但歌曲中出現無數次他的名字，他搔搔頭表示害羞，那瞬間他像個小孩子。等他聽完，我們沉默地互相看著對方一陣子，沒有其他接續動作，但那一刻是我認為這世上最閃耀的一刻。後來我們重新走回新宿站搭車，在票台閘門口道別，彼此互相擁抱。

　　回到首爾後，我在歌曲中抹掉他的名字。

啊！

啊！好久不見，
剛從東京回來嗎？
好玩嗎？

那孩子現在
有好好活著吧……

很好啊！
見了朋友，
也辦了演出。

是唷！
下次我也要休假
去東京玩。

▌剩下的13位都不是那麼喜歡

宋是我十七歲交往的初戀男友。

自從有了初戀，我才知道原來我可以喜歡一個人，並和他有一段緊密的關係，因此我對那段關係非常執著，我非常愛他，也經常和他吵架。初戀男友比我大十歲，他很努力要照顧我、疼愛我，以及包容我的執著，給予我最多的愛。但那時我還小，又是第一次戀愛，他是我的偶像，也是我唯一的家人，所以我很想成為像他那樣的人，我努力去喜歡他喜歡的、看完全部他看過的漫畫、玩了他所玩過的遊戲，他看的影劇和聽過的音樂，我也都跟著看、跟著聽，還跟著他到上班的公司。他會抽煙，所以我開始學抽煙，不過我也喜歡他不喜歡的，甚至是他討厭的。我們終究還是分手了，雖然是我先說的分手，但那是我第一次與人斷絕一段親密關係，對我衝擊很大，至今仍是。

堪是我大學二年級交往的男朋友。

　　以前交了很多年紀比我大的對象，而他是我第一個同年紀的男朋友，這點非常新穎。因為同年，我常覺得他油腔滑調，像個小孩，卻又因為這點所以很愛他。他很依賴我，我也很常任由他在我身邊，當時我們默契絕佳，很幸福，但當他開始有了其他朋友可以依靠，我們就越來越常吵架，所以最後還是分手了。分手時，我非常難過，別人還以為我喪子，差點以為要哭死了。原本認為只要哭，他就會回到我身邊。

　　事實上，那位喪子不會再回到我的懷抱了。

　　趙是我二十四歲自認為最年輕美貌的時候交的男朋友。

　　我們一起玩樂團，當時我邀請他加入我們，但他其實對我的音樂一點也不感興趣，是因為對我有興趣才答應的。很自然地，我們常在練習後一起吃飯，一起喝茶，一起手牽手去動物園，馬上陷入了愛情，我跟他說：在交往百日的時候結婚吧！他很驚訝我會說這番話。不過從那天起，我真的每天都在倒數我們結婚的日子。

他彷彿童話故事裡的主角──安徒生童話《豌豆公主》裡的公主，公主因為睡在一張下面藏了一顆小豌豆的數十張床墊和羽絨被上而睡不好。在遇到我之前，二十九年來他都照著自己的節奏生活，和我在一起後，總覺得我家的床墊不好睡，便會在我睡著的時候開車回他家，但離開時關門的聲音總會吵醒我，讓我無法入眠直到隔天早晨。我想念每夜回家的豌豆公主、不、是王子，我孤獨到快要死掉了，我約了許久不見的朋友，跟她哭訴說覺得自己快要孤獨到死了。朋友擔心我的安危，便提議讓我搬到寬敞的新家和她同住，這樣即便沒了豌豆王子，我也不會覺得孤獨。但我對豌豆王子仍是氣憤，雖然繼續倒數我們結婚的日子，卻越數越氣。他說他有在數，但他數的跟我數的不一樣。他總是一臉不滿地叫我「屎人」，可能是我常對他結屎面吧？慢慢地，我習慣一個人結屎面睡覺、習慣與室友的生活，不再在意他了。即使我不再是他的女友，一樣能過得舒服，反倒是他來我們家玩的時候，覺得特別尷尬。就這樣，二十九歲的我成了豌豆公主，和他分手了。

除了以上三位，其他交往過的戀人們我都不是這麼喜歡。

▌爽快地

挤泡沫準備沖澡時，想起了之前我在蒙古住的第一間飯店，既便宜又老舊。我和當時的男朋友並排站在房間化妝室鏡子前，嘗試電視裡介紹的不傷皮膚泡沫洗臉法。擠泡泡很花時間，還需要讓大量空氣進去才能用出柔軟的泡沫，將泡沫輕輕碰在臉上，像在洗嬰兒的皮膚一樣。我們站在鏡子前很認真製造泡沫，那模樣超美、超可愛，也很幸福。不過那間飯店的床墊品質很差，我們上床、進入夢鄉後，隔天早上起床時，全身感覺像是被人毆打般的疼。

我們是關係不好的情侶，交往第二年就分手了。明明關係很差，我還是在他說要一個人去蒙古旅行的時候感到不安，跟爸爸死纏爛打借了一百萬韓圜，堅持跟他一起去蒙古。他報了十天的旅遊團前往他最想看的湖，而我便毫無計畫地跟著他。不舒適的八人座廂型車裡有一位蒙古導遊、一位司機、一對法國情侶、台裔美國女生，和我們兩個。每天八小時的車程，前往那座湖的路徑非常遙遠與凶險，早上熱得要死，晚上又超

冷，讓我全身痠痛又嚴重便秘。雖然現在我很愛吃羊肉，但當時每餐吃、天天吃，實在受不了。便秘一天、兩天……最後過了一週，我的便秘問題成了全車的問題，大家都一直叫我喝優格、每天上下跳一跳，最後終於在第八天，我痛快地解便了，那真是世上最爽的一刻。

強烈的解放感後，心情仍是鬱悶。每件事應該都要痛快地解決才對。那時，我看男友的臉色暗沉，心想我到底為什麼要因為不安，追著他來到這裡？

雨過天晴，地平線的尾端浮現雙彩虹，他和另外一位台裔美國女生各自拿起相機下車，我很不安地追在後面呼喊他的名字。突然，我停了下來，想著他若是走到遙遠的地平線尾端再也不回來就好了，爽快地！

▎假笑

什麼事情讓我如此討厭爸爸？

第一，爸爸常出軌。不過長大後，我自己也犯了幾次，才明白一件事：劈腿不是想著「啊！我該劈腿了！」才劈腿的，從此我對劈腿的人不再抱持負面想法。關於這點，我沒有持續討厭爸爸的理由了。

第二，爸爸不跟我玩。我養貓，但當我全神貫注某件事情時──例如有劈腿對象的時候──我會放任牠好幾天，幸好貓咪至今都活得好好的，長得健壯，但萬一在我放任牠的時候，牠生了很嚴重的病，我會非常自責。我爸很不愛回家，也不和我玩，是因為我活得好好的，所以他才不管我嗎？

第三，爸爸很愛生氣，常大吼大叫，特別是在我哭的時候。這確實是爸爸的錯，我當時只是個孩子，當然會哭，大人怎麼能大吼大叫呢？但仔細想想，每天賺錢很累，孩子半夜哭鬧，是有

可能會特別煩躁。因為如此，我不想生小孩，雖然不確定我會不會大吼大叫，但機率奇高，故很早之前我就決定這輩子不生小孩。從小，我在爸爸面前都很努力表現出微笑的樣子，假設爸爸對我小時候的笑容有印象，那一定是我的偽笑。

　　第四，爸爸對媽媽不好。我小的時候經常被問到這個問題：「你想跟爸爸住？還是跟媽媽住？」第一次被這麼問的時候，對於年幼的我來說實在是太痛苦與害怕了，想到這個問題我就全身發抖無力。我在腦海中模擬無數情況，煩惱該如何回答這個問題，我有時候選「爸爸」，有時又會改選「媽媽」。每次面臨抉擇時，我這顆小小腦袋瓜裡都會想好幾種方案，但最後不管我選誰都不對，偶爾還會因為選了某一方造成後面的風暴來襲，最後結論是我認為問這個問題的人是笨蛋，我也開始討厭爸爸，因為爸爸對媽媽不好。有天，爸爸在和媽媽吵架的途中，甚至試圖勒住媽媽的脖子，我絕對不要成為像他這樣的人。

　　但是，為什麼我不怨恨媽媽？小時候我被媽媽打了無數次，但還是很喜歡媽媽，因為媽媽的

笑容很美。我非常小的時候，太喜歡媽媽笑的樣子，於是會在媽媽躺下準備睡覺時，坐到媽媽的臉旁邊要她「笑一笑」。我認為媽媽塗口紅的模樣最漂亮。每晚媽媽都會唱搖籃曲給我們聽，會幫我畫公主，會在我不想上學的時候哄我，每個週末我們都會一起去小旅行，最重要的是媽媽不會因為我哭而生氣。

▌因為想念

十七歲的初戀，我第一次有能力「選擇」和誰結交親密關係，這點讓我很開心，所以我很努力和他融合成一體，不願分開。我——十幾歲的我——去他上班的地方找他，等他工作結束下班；若他要加班，我便在他旁邊鋪席睡覺；公司裡加班的員工們要吃宵夜，我就起身跟著去，當然員工旅遊也跟著去了。現在想想，我真是瘋了的小屁孩，但那些公司員工們不曾罵過我，他們大概也不正常吧！

和初戀分手後，我和第二任男友交往時仍會跑去他工作的地方等他，在他書桌旁看好幾小時的漫畫，其他同事們都覺得不舒服，因此從知道這事實的那天起，我再也不去公司找他了。其實當時我很衝擊，因為我不知道那樣做是不行的。

我比一般的小朋友更早進幼稚園，但並不是去上學，而是因為當時我是姊姊的跟屁蟲，堅持要和她一起上學。大家都是上小學前三年，五歲左右開始念幼稚園，五歲是小花班、六歲是黃蝶

班，七歲則是鳳蝶班。從小我就愛跟在姊姊後頭，一想到姊姊去上幼稚園，我卻無法跟著，就非常不能接受，每次姊姊搭幼稚園校車去上學時，我都會大哭。過了好幾週，還是無法釋懷，老師只好無奈地讓我一起搭車去幼稚園。當時我還未滿五歲，不能進小花班，只能待在姊姊旁邊看著。當時我的心情像是沒了姊姊會死。

▋ 每天遲到

　　我從幼稚園開始，就有一個屬於自己的原則。幼稚園上學時間是早上八點，但電視節目《TV 幼稚園》播出的時間剛好也是八點，那時我還不懂什麼是遲到，堅持要看完節目才出門。大家在搭校車的時候，我在家看電視，等《TV 幼稚園》九點播完，再自己一個人走路去上學。上幼稚園的那段期間，我每天都這麼做，但媽媽和幼稚園老師對我為何每天遲到好像沒說什麼。（但應該是有說什麼，應該……）

　　我每天一個人走路上學，到幼稚園的時候，其他的孩子都已經在學習了。我換了鞋，快速走進教室，隨意坐下，可是卻從來沒有人對我說過：「你遲到了」。

　　某天，我到幼稚園的時候，裡面空蕩蕩的，只剩園長一人，大家好像都去校外教學了。他帶我到鄰近的澡堂，我穿著衣服進去後，發現澡堂裡所有的男孩女孩全部一起洗澡，我真的被那景象嚇到了，吵著要回去，鬧到最後園長只好又帶

我回空蕩蕩的幼稚園，讓我獨自玩了好幾個小時。

那些洗完澡的孩子們回來了，男孩子們在寫生簿上畫了女生的性器官，雖然看不太懂，但在我的認知裡很不舒服。我暗自慶幸著那天遲到，擁有專屬原則的自己值得讚賞。

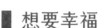

▋ 想要幸福

上小學後最痛苦的事：

第一，每天早上都要和媽媽分開，雖然上幼稚園後對姊姊的依賴少了一點，但仍止不住我對媽媽的愛。每天早上都因為這件事而哭。

第二，討厭早起，尤其是下雨天和冬天。

到底、為什麼、我每天、早上、都要、起床呢？

上高中那年，我終於得知「休學」這件事。當我得知自己可以選擇上學或不上學的時候，真的太開心了！我當然選擇休學，終於不用再每天早起了，但也為此被爸爸打了幾巴掌。忍一忍，想到每天不用早起還是很幸福。我可以自己決定何時去圖書館讀什麼書，肚子餓就吃飯、想游泳就去泳池，這樣的生活太幸福了。我讀了科幻小說、奇幻小說、近代文學和現代文學，以及各種資訊書籍，看似無用的書，我想讀多少就讀多少。

爸爸非常反對我休學，所以即使我早就已經遞交休學申請，我還是會假裝早起穿上校服，跟出門工作的爸爸打完招呼，再脫下校服睡回籠覺，睡醒後才出門去圖書館。當然這樣的小動作很快就被爸爸識破，超級生氣的爸爸離家出走了三個月沒回來，然而，這樣我更幸福。

　　話説回來，爸爸離家出走三個月的時間都在做什麼？

▋憤怒

　　小兩歲的弟弟一出生即有殘疾，故我必須脫離媽媽的照顧，和姊姊一起寄宿在外婆家。弟弟在脫離媽媽的子宮後直接接受了大手術，在他恢復期間我持續地被外婆餵食，等到媽媽回來接我和姊姊的時候，我已經變得跟「栗實象鼻蟲」一樣胖了。

　　弟弟上學後，媽媽每年都忙著去拜託弟弟的班級導師多多照顧，希望弟弟可以從一般學校畢業，盡量不讓他進特殊學校。當我考試考滿分，老師請我吃炸醬麵慶祝的時候；寫字比賽獲得最優秀獎，老師勸我參加地方比賽的時候，媽媽都沒有時間為我慶祝。就連其他班導師在學校走廊碰到我都會稱讚我是「寫字漂亮的孩子」，但參加寫字比賽的那天我卻必須待在家，因為媽媽帶弟弟去醫院了。

　　儘管如此，我從未鬧過脾氣，要求大家多照顧我、多看看我一點，也幸好沒被同儕排擠。國二猛然挑高之前，我是總坐在第一排的矮子，但

人氣還算不錯，跟朋友們玩得很好，收過很多封情書，甚至有男孩子說要和我結婚。

國小六年級時，我第一次遇到挫折。

為了鞏固自己在學校的地位，我報考大家都想要進去的廣播班。那天我穿了自己衣櫃裡看起來最乾淨的一套衣服赴試。廣播班只錄取五人，於考試當天放學後公布，而被選中那五名都是媽媽常來學校的孩子。老師對我說很可惜以第六名擦身而過，落榜了，我知道老師說謊，因為被選中的那五個人都是沒有實力的競爭者。這一點令我更憤怒，等大家全部下課回家，我一個人徘徊在走廊上，抓著樓梯欄杆哭了好一陣子。地板好冷，學校好安靜，我更生氣了。

回家路上，我只要看到破碎的東西就撿起來收藏，像是碎玻璃、毀損的徽章……只要是掉落的碎物都撿，回到家把它們一一放進書桌的抽屜裡。我幫這些碎片寫了故事，因為我相信只要擁有這些碎片，總有一天他們真正的父母會拿著另一半碎片，來找他們遺失的子女。當我忍無可忍，

覺得委屈又憤怒的時候，我會用鉛筆在媽媽幫我
鋪在書桌的玻璃板上──厚度有 0.5 毫米──刻
下日期，記住這些日子，安慰自己等長大成人後，
一定要一一討回來。

　　隨年紀增長，越來越常受到委屈。

　　不知從何起，我書桌上的玻璃板不見了，而
且也沒人來找我要回那些碎片。

　　但我依舊是媽媽的女兒，弟弟仍經常生病。

▍亂丟、大聲尖叫就能變好嗎

　　每次到演唱會等地方，我總有一種違和感，和去教會是一模一樣的感覺——雖然我沒去過教會。

　　我曾參加過台灣高雄大港的開唱音樂節，那時跟著朋友一同觀賞成立很久且非常有名氣，可與韓國金昌完樂團媲美的大叔樂團。據朋友說法，每次這個樂團表演時，觀眾們都會把垃圾丟到舞台表示歡呼。表演一開始，觀眾們果真都把垃圾紛紛丟向舞台。我在想那些一早進場坐在最前邊的粉絲們，就是為了這一刻吧。整排的人齊丟垃圾，有人丟捲筒衛生紙、空寶特瓶、假錢，偶爾還有大紙箱，若是砸中團員，還會興奮大叫，直到表演結束。主唱即使被空寶特瓶砸到還是繼續唱歌，我在後方看著這樣的景觀，太可怕了，跟跳大神[1]沒兩樣。

　　我曾參加過一次韓國偶像團體 SHINee 的演唱會，雖然是朋友送的公關票，我卻坐在粉絲們

---

①滿洲族薩滿教的一種儀式，「大神」即「野薩滿」。活動包括醫病、驅災、祈福、占卜、預測等。

稱呼為「神之座席」的地方，是距離舞台最遠的二樓頂端，彷彿從天上觀看，故有此名稱。如同其名，雖然位置遠到我很難被演唱會的氛圍所感染，卻是粉絲們之間很搶手的位子。除了我，其他坐在這區的粉絲們從還沒開場就充滿要看演唱會的氣氛，坐在我後面的女粉絲在 SHINee 出場前便不斷地吼，所以開場後她大概叫啞了吧！她的叫聲非常大聲，連坐在旁邊的學生們都皺著眉頭看她，當然她一點都不在意其他人的眼光。

坐在這個位子看兩個小時的演唱會，正當成員們結束表演要做結尾時，我前方有個自己一個人來的女粉絲突然起身，邊哭邊揮手向他們說再見，淚流滿面，大喊好幾聲「謝謝！」。那一刻，她像是在表達平時以來的孤獨和生活重擔，雖然這只是我的想法，她的生活看似充滿悲傷，SHINee 的音樂和舞蹈帶給她某種程度上的安慰了嗎？搶不到好位子，神之座席也好，她的悲傷從棉花棒般的五位成員身上獲得安慰了。

在台灣那些向舞台丟垃圾的人們，以及向 SHINee 哭著大喊說謝謝的那位女粉絲，我似乎可以理解他們內心的悲傷，還有透過欣賞表演獲

得安慰的感受，但我依舊是個雙臂交叉、坐在遠處的旁觀者。我羨慕他們可以亂丟垃圾或大聲尖叫，並從中獲得安慰。

　　我能從哪獲得安慰呢？

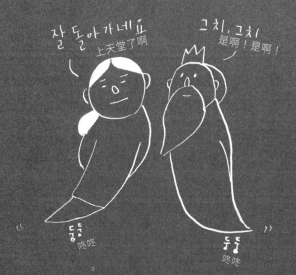

▎儘管如此

現在我要來說說人類的情感。也可以說是我自己的情感。

第一個情感是悲傷。我認為人是一種非常悲傷的動物，因為我們都會死。從一出生，我們即須走向死亡。我很努力地想接受這事實，但又十分討厭這件事，在我們死之前要受到的約束太多了。常聽人們說：「專心致志」，我懂這道理，因為人活著時能做的事情不多，光要專注做一件事並留下豐功偉業不容易。但我不想這樣，大概是因為我還不能接受人會死這件事吧。

第二個情感是驚訝。不得不說人類非常厲害，人活著可以做的事情不多，壽命又不比烏龜或樹木長，但人類卻創造出許多非常棒的東西。我平常很容易胡思亂想，常想著「到底是誰發明玻璃？」、「又是誰發明枕頭？」等等，特別是吃飯時最常胡思亂想了，「起司是誰做的？」、「培根是誰做的？」、「大醬是誰做的？」……蕃茄烤過比生吃更美味，發現「火烤」這種料理

方式的人一定是位非常了不得的大人物。每次吃烤過的番茄，我都會感謝第一個想到這個方法的人；我討厭開發自助吧的人，到底是有多貪懶才會想出自助模式？又或是那個人到底多會吃？真的很貪心耶！是我最討厭的類型；搭手扶梯的時候，又會讓我想吐槽發明手扶梯的人，是有多討厭爬樓梯？但這也的確是一項非常驚人的發明；另外，發明電梯的人真的太棒了，我每次搬家都很感謝他，讓我搬家變得更輕鬆便利；學習新語言時，語言的奧妙及風趣，太令人吃驚了，特別是認識漢字以後。漢字是一個很有趣的圖形文字，認識的漢字越多，我越有發明新漢字的慾望；當然韓文也是令人嘖嘖驚奇，雖然韓文是我的母語，我會讀會寫是天經地義，但我對於依靠韓文字表達出人的情感與幽默這件事，實在太佩服了。我最愛講「吼」、「靠」和「無解」，近期我新的愛用詞是「廢人症」。就連現在，我可以在大腦中想著韓文，並用鍵盤打出來，都讓我覺得神奇。

人類為什麼可以不斷創造出新奇的事物？

為此，我既覺得開心又覺得傷心，因為我無法接受那些創造者都會變老直到逝世。若從今日再過五十年，我依舊存活在世上的話，那時也許會忘記自己寫過這段文字。說起來真傷感，到那時，我還能寫出像現在一樣有趣的文章嗎？

　　為什麼我既多情又冷漠？我喜歡人，但越喜歡，越無法接受他們會消失的事實，所以我下定決心不要太喜歡一個人。從某一刻起，我再也沒說過一句「我愛你」。以前的舊情人對此事感到非常不滿，可我就是說不出口，因為害怕。偶爾很想念在國外的朋友，想到快要哭了，但我還是將煙蒂丟到地上，並告訴自己：「總有一天，我們會失去聯繫的。」努力遺忘他們。

　　煙蒂很了不起，發明香煙的人真了不起。我也很感謝他，讓我每次悲傷的時候，隨手摸口袋就能拿出來抽上幾口。

▌哭了、笑了，也問了

　　有一首詩，名為《我的自豪李瀧》，是金聖日寫的詩，他將這首詩收錄於他的第一本詩集《教育》（2012，文學與知性社）。從他的詩中可以得知有關於我的事。

　　我常常哭。以前我還年輕有活力，經常大聲哭，也常走在街上哭。那首詩裡描述了我經常哭的原因。我很愛生氣又很容易被嚇哭，其實我昨天又生氣得哭了，都是貓咪們的錯。室友們養的貓咪皮膚上有黴菌，導致我的過敏性鼻炎復發，很嚴重。我對貓毛過敏，在家的時候經常打噴嚏、流鼻水，但這幾天不知道是不是因為黴菌的關係，一整天打噴嚏打個不停，以致於全身無力，什麼事情都做不了。鼻子裡外都因此破皮，甚至潰爛，非常地痛，到現在我的鼻子、頭部和肺部，全都在痛。我害怕將來我年紀越大，身體病痛的日子會越多。我常會想，不如在病痛來臨之前早點離開人世怎麼樣？這麼想著想著，正煮著的泡麵鍋蓋上便沾滿了我的眼淚。

我常常哭。聖日和我讀同一所大學，我們初次見面的時候，我二十三歲，他二十二歲，我們參加同個社團，共用一個工作室。那個工作室也曾算是我的家，當時因為沒錢租房子，只好住在那。我在工作室裡放了一張床、衣櫃、書桌和暖爐，和純一住在那裡。

　　當時有人送了我一台洗衣機，我把它放在學校洗手間。洗漱也在學校的淋浴間解決，吃飯到學校餐廳，其餘時間都在工作室度過。我休學過好幾次，不過在休學期間我仍是住在這。聖日則很認真地上學，他下課回到工作室後，我們會一起玩遊戲。由於空閒時間很多，我們常開發一些無聊的小遊戲。

　　有次，聖日關上工作室的鐵門，指著一樣東西問我：「那項作品是怎麼做出來的？」我說：「啊！那項作品是我聚集所有嚼過的口香糖製作而成的，費時六年完成。」兩人一問一答，像對傻瓜，不禁哈哈大笑。竟把工作室的物品當作珍貴藝術品，還很認真解說，那模樣實在搞笑，我們笑到肚子疼。

　　大學畢業被趕出學校後，我進入聖日在望遠洞找到的共同工作室，我們突然變得安靜，不再像以前一樣笑了。某天，我向坐在對面的聖日提議：「來寫一本『哈哈大笑的幽默文集』吧！」這番話後，我們又回到從前那樣，笑到肚子疼了。

　　我對工作抱有許多情感。

　　沒有工作時，自覺像個沒用的呆子；有工作時又覺得自己是餓死鬼，為了填飽肚子而將靈魂賣給惡魔。我從十七歲出社會工作至今，一直都帶著這樣的心情工作。沒有工作的時候，我害怕、生氣，怪罪他們不給我工作；結束工作回到家，我又會一個人獨自哭泣，哭著哭著還會唱起歌。唱歌是我撫平怒氣和恐懼的方法，我發現一個人自編自唱是自我安慰的最佳療法，無數個夜晚，我都這麼做。

　　小時候，媽媽常常躺在我、姊姊和弟弟身旁唱自己創作的歌給我們聽。每天晚上我都要求媽媽編唱新的歌，而她都會滿足我。媽媽的歌曲中

常會出現我們的名字，以及許多未知的人名，如美英和東秀，他們是我不認識的人，但他們經常出現在歌曲中，帶給我們許多新奇的事物。媽媽的歌曲中還隱藏了對我們的訓誡。

不過我自編自唱的歌裡沒有訓誡意味，依我的年紀還不適合。但是我在我的歌曲中投下許多提問，有時問著問著就睡著了。重新聆聽我做的曲子時，每次都疑惑自己為何這麼笨，但我不會回答，只是繼續提問，不時會戳中自己，還生悶氣：「我要提問到哪時候？」不管怎樣，我還是不會回答，不斷問問題。

「為什麼我懂的很多，不懂的也很多？」

倘若我一生對自己只問不回，那應該是天下最搞笑的事了。在我臨終之前，我真心希望可以寫出一本供人閱讀的「哈哈大笑的幽默文集」。

▌然後又再問了

我都做一些人們覺得「做了也不會成功的事情」。

以下是有關死亡的故事。

在國小幫學生上創作音樂課程時，我的目標是和孩子們一起製作童謠。當時我認為童謠是「開朗、活潑、可愛」的，所以要有花、有蜻蜓，還有奔跑的孩子們。

然而，孩子講給我聽的故事卻不如我的猜測，他們反而跟我說了一些關於生活的疲憊、無力，以及死亡的話題。有些孩子說他很想死，現在只不過是「因為活著而活著」。

每個人都會有一個以上討厭的人，以及討厭做的事，他們總說討厭的比喜歡的多。有次，我讓他們透過敲打東西來製造聲音，有個孩子拿著教科書拍書桌，聲音越來越大，教科書都快要瓦解，但我卻感受到那孩子燦爛的歡笑，後來才知

道那是他最討厭的老師所教授的科目教科書。

我們長大成人後，不知從哪一刻起，再也不談論這些事了。即使我們說「想死」，通常都不是真的想死，而是「笑死」、「餓死了」。真正想死的人根本不會說出他想死的原因，便默默自殺。但我想告訴大家為什麼我想死。

我其實很害怕死亡。人一出生便注定要死亡，這番真相太令人難以置信了。樹木動也不能動，也不會說話，但它平均壽命卻比人類長，這是什麼怪異現象。如果是我討厭的人那就算了，但為什麼連我真心欣賞的人也不能在他們生前做完全部想要做的事呢？真令人不悅。另外，人會逐漸衰老無力，宮崎駿退休、寇特·馮內果身亡，還有人活著但因衰老而失去思考能力，種種自然法則都讓我非常討厭。蛀牙治療已經夠痛了，萬一染上更嚴重的病，全身痛到不行該怎麼辦？我害怕死亡會突然找上門，或悄悄靠近，所以在它來臨前，我想先結束掉自己的生命。脫離恐懼的最佳方法就是在恐懼來臨前，事先經歷過一遍，但我也害怕提前體會，也不知道有什麼其他辦

法，只好繼續活著了。

若我跟朋友們說了我因為害怕面對死亡而想先自殺了結，他們會很生氣地罵我，要我不要害怕、要珍惜生命。其實我很愛惜生命，愛到產生執著，因為執著所以害怕。因為我愛惜生命，所以我全身發抖，生怕深愛的人們被奪走。

我在百科網站上搜尋「不老不死」一詞，出現許多各式各樣的說法。下列為其中幾種推測的不老不死模式：

一、壽命無盡，永遠不會老死，但可被殺害或自殺。與其說是不老不死，更接近不老長生。

二、壽命無盡之外，其餘與人類沒有不同。這類人大多認為「不如死了算了」。

三、肉體刀槍不入，面對任何攻擊都可毫髮無傷。

四、即使受到能一擊斃命的攻擊，亦能立即復原。

五、被殺死的瞬間會重組身體各部位，經過

一段時間即可完全恢復。

六、雖已死，但帶著前生的記憶與能力附身
　　於他人，或重新誕生。

七、一個身軀擁有無數條生命。

八、與前條相反，一條生命有許多個身軀，
　　想完全殲滅他則必須殺光他所有的身
　　軀。

　　以上八種類型我都不喜歡，所以我現在正努
力開發一個讓自己不再害怕死亡，或讓自己暫時
忘卻對死亡恐懼的方法。

　　二十歲那年，我的朋友過世了，他打工的啤
酒屋突然發生火災，因而喪身火海。我和其他朋
友一起去參加他的喪禮，並在裡面嚎啕大哭。後
來，我們帶著哭腫的雙眼走到禮堂外面抽煙，朋
友要我模仿國中國文老師講話的聲音，學著學
著，全部人都笑了，接著我們互相比賽誰可以最
快說出好笑的笑話，誰說得好笑就吹捧他、不認
真參與則會被嘲笑「很遜耶！」。我們哈哈大笑
了一會，再重新回到禮堂裡哭。我們是真心難過，
也是真心大笑。

笑讓我忘卻死亡，而且為了不讓幽默能力變得生疏，我天天準備新的笑話，笑得比別人多，說得也比別人有趣，以保持身體健康。若有人因我的話而笑，心裡會很滿足；若我身邊出現比我更搞笑的人，我就跟在他身旁學習他的幽默。

聽到我輕易說出自己害怕死亡的朋友們，各個都很擔心我會不會一個人跑去自殺，因此他們時常守在我的身邊，並建立起一個緊急聯絡網。假設我在其他地方認識新的朋友，他們彼此也會成為朋友守在我身邊，或許是我自己想這麼做吧？常常會介紹朋友互相認識。但即使我一個人因害怕死亡而不敢出門時——因為也有可能在騎腳踏車的過程中發生意外身亡——只要朋友一通電話，我還是會騎出門去找他們，速度如坐公車般快速，因為見他們會讓我暫時忘卻死亡。

我深深思念親愛的朋友們時，常傷心欲哭，因為我害怕他們哪天離我而去，尤其是在國外的朋友們，由於不能經常見面，更容易因此落淚。想起與他們最後一次在新宿、台北、烏蘭巴托、巴黎或內格羅斯島見面的回憶，想到再也無法跟

他們見面，眼淚便不自覺地掉落。既然我無法承擔這樣的悲傷，不如去討厭他們好了。我在空白筆記本寫下他們令人討厭的點，可是我卻連他們討人厭的地方都喜歡，適得其反。

十幾歲離家出走後，我幾乎再也沒見過家人，未來也不打算要見面。小時候，因為是家人，所以愛過他們，但這份愛讓我精疲力盡。媽媽從不對我多說些什麼、爸爸外遇還每天去賭博，姊姊一生氣就打我、弟弟常搞失蹤，我氣每次都要躲在危險地方的弟弟，也氣姊姊的力氣比我大；我氣爸爸在該回家的時間卻去了別人家，氣媽媽什麼話也不對我說，每天我都氣到哭，所以我離家出走了。

現在我長大成人了，我想要努力重新接納他們，但重新愛上他們是一件非常不容易的事。光是朋友就會發生很多讓我悲傷的事，若我現在重新愛上六十歲的爸爸，那麼他離世的那天，我一定會更難過，所以我決定繼續帶著厭惡他的記憶，不再去愛爸爸。

我最思念的人是媽媽，要我少愛媽媽一點很

難，我很努力不去深思媽媽離開人世的問題。雖然每年會跟媽媽見一兩次面，但其實我更渴望能與她天天相處。

每天要撐過可怕又傷感的夜晚，於是我唱歌給自己聽，就像媽媽以前唱歌給我聽那樣。不過我唱給自己聽的歌裡沒有媽媽的訓誡，只有無數對自己的提問。

為什麼我現在要獨自唱歌？為什麼媽媽不在我身邊？為什麼我喜歡的朋友在遠方？為什麼我要工作賺錢才能見到他？為什麼工作讓我有出賣靈魂的心情，但不工作又覺得自己是傻子？為什麼貓咪的壽命比人類短暫，再長也只有數十年的時間？為什麼世上唯一的李瀧和萬物，無論時間先後順序總會有消失的一天？為什麼所有的麵料理都如此美味？為什麼去機場的心情都特別好？為什麼運動可以增加體力？跳舞會流汗？為什麼我想收藏漫畫書？想經常收到禮物？還會好奇大家都說些什麼？

無數的提問，只增不減。

我們靜靜地回去了

我看了比利時羅莎舞團的兩部作品《Rosas danst Rosas》和《Drumming》。比利時羅莎舞團是我很喜歡的舞團，一月開賣的時候，我立即預購了票券。之後等待的日子每天得過且過，只想著五月何時到來，終於讓我等來表演日當天。去表演藝術中心的路上，剛好碰到上下班時間，地鐵車廂裡人群擁擠，一度想放棄直接回家，到了現場又看到一排取票的隊伍，在表演開場前就耗盡體力，最後才終於找到坐在最前面的第二排的位子。表演開始。太美了！觀賞表演期間，除了「啊！好美。」的想法外什麼都沒有。真的好美。

想起來，我已經很久沒有捧腹大笑、奔跑和跳舞了，有什麼比它們更美的嗎？我很羨慕那些可以一直做這些事的人。

神會跳舞嗎？

偶爾我走在路上，會突然想跳舞，特別是在

大家上下班、神遊般往同一方向走的地鐵站裡或大馬路上，又或者大家都靜靜待著的博物館裡。人們長大後不再奔跑或跳舞，但卻不知理由是什麼，為此我很難過。真希望從幼稚園到高中大學，每一個學程都有舞蹈課，讓每個人離開座位、起身，站在書桌上跳舞。

站在斑馬路一端等待紅綠燈的人們，在綠燈亮起奔向另一端和對面人們撞擊的場面只能在舞台上看到嗎？坐著的人們起身跳到書桌上，像蒼蠅般舞動的樣子只能出現在舞台中央嗎？全場觀賞舞團表演的觀眾們都知道台上的景象「很美」，但我們卻靜靜地走回家，拖著沉重的鞋子，最多動動腳指頭，感嘆。

둥둥이의 귀환
東東的回歸

초등학생 때 (4학년인가?)
과외 갔다 오는 길에 잃어버린,
둥둥이라고 이름 지어 부르던
하얗고 뭔지 모르는 동물 인형이 있었다,
그게 없어져서 과외 오가던 길을
몇 번이나 왔다갔다 찾으며
슬퍼했었는데...
비행기에서 자다 깨
옆에 앉은 친구를 보니...
하얗고... 뭔지
모르겠는게, 혹시
이 친구,
둥둥이 아닌가?

둥둥이 어있어
東東你在哪？嗚嗚

깨어?
醒了？

?

돌아왔어
回來了

當我還是小學生時（四年級嗎？），
去補習的路上弄丟了一隻名為東東、不知正體為何的白色動物玩偶，
在那條路上來回找了幾次也找不到，非常傷心⋯⋯。
有天在飛機上睡醒，看了眼坐在旁邊的朋友⋯⋯皮膚白皙⋯⋯難道他
就是東東？

▌遇見貓咪和男人

　　十幾歲時，在我的記憶中，回家猶如一項作業，不做不行。我會在很晚的時間躲到家附近遊樂場的遊戲區，那是我想到的逃家方法。偶爾社區警衛伯伯會拿著手電筒繞遊樂場一圈，這時候我會躲在溜滑梯上方的小空間裡直到他離開。天色漸晚，不會有人來找我，我可以繼續待在這裡。突然從某處冒出一兩隻貓咪，貓咪們在沙堆裡滾來滾去，我靜靜看著牠們的祕密聚會，深怕一出聲嚇到牠們，不過最後貓咪玩一玩就走了，我也該回家了。

　　有時候我跟著前方的朋友一起走，走到一半會突然往反方向跑走消失，想看朋友走到哪裡才會回頭看我。十步、二十步，甚至到視野看不見的遠處，前方的朋友都不曾回頭看我，那麼，我又可以逃得多遠？

　　我逃不遠，頂多是家門前遊樂場、附近的巷弄階梯、工作室旁的小公園，或離宿舍遠一點的廣場，偶爾會坐在玄關門口靜靜聽家裡的聲音。

而且我也沒有什麼理由可以逃跑，所以只能發呆坐著或哭泣。就這樣，就算我逃出來，也不會有人來找我。

　　偶爾也會有奇怪的事情發生。有一次我在家門前的階梯上坐著，後方一直有喀擦喀擦的照相聲，回頭一看，是一位穿西裝的男子在拍我。我懷疑地看著他，於是他走過來，對我說了一些沒什麼意義的話題，男子問我在做什麼，還遞了一張大企業的名片，邀我去附近的汽車旅館。我跟他說我不想去，他回問我坐在這邊的原因，我說因為不想回家，於是他又提議去汽車旅館。幸好這個話題在你爭我吵之中淡淡結束，我們沒去旅館，也沒回家，一起買了啤酒坐在長凳上喝。男子可能還得準備上班，在天亮之際離開了。

　　小時候在遊樂場裡看貓咪們玩耍，長大後則被男人邀請一起去汽車旅館，真是神奇的世界。

...

하— 언제 돌아오나—

唉～何時回來啊～

"연애는 공놀이 같은 거야.
던졌으면 기다려.
공을 만들어서 또 던지지 말고"

— 친구님의 말씀 —

「戀愛猶如球類遊戲。
丟出去後，要等待，
別再一直做球丟出去了。」

—朋友的忠告—

▌我，專業

好久沒有一個人清醒這麼長一段時間。

這種久違的心情還不錯，看見早晨太陽升起也不會不安。默默回頭看看自己留過的痕跡，Email 和 Twitter 裡的照片有太多自拍照，看得很令人厭膩。曾想過如果我整形的話，會變成什麼樣？但想來想去，不知道自己該整哪裡好，眼睛和鼻子現在這樣也還可以……還是去下巴削骨？

我是不是對自己太苛刻了？別人也是這麼想我嗎？大家都是怎麼看待自己的呢？我為自己唱歌、畫畫、寫文章、寫日記，也玩 Twitter 和 Instagram，甚至教大家如何看待自己，我是專業活出自我的人嗎？

我是專業的自我觀察者嗎？專業的我，我是專業的。

突然對自己失望的時候，我會這樣檢視自己，慢慢觀察。有一次甚至把各種有我的報章雜

誌拿出來看，這些報導主題跟我好像很合：「只做自己想做的人」。我是這麼理解我自己的：「屬於我的節奏」、「李瀧的節奏」。

　　哎，我膩了！

　　三十歲了，看了三十年，確實會膩。那現在我該看什麼好？……讀書嗎？或是觀察他人？

▊ 該說聲謝謝

去年我寫了一則家訓送給自己，我寫了：「該說聲謝謝」。讀起來的語氣像是媽媽在對孩子說：「叔叔送你糖果要說謝～謝～」。

寫家訓是為了告誡以前不愛說謝謝的自己。不好的習慣到底是從哪裡學的，還是因為沒有學過，所以過去才不對幫助我的人說謝謝，反而以「做得好」取代呢？這般口吻像是批改作業的老師，被歷任男友們指責了好多次，說我很愛叫人幫忙。這點運用在工作上可能是優點，但對愛人這樣便成了缺點。曾經交往過的一個男孩子說，當我需要打火機的時候，看都不看他一眼就拍他示意要打火機，我對他這番話非常驚訝。某天和朋友們聚會時，也曾探討我為什麼不跟人說「謝謝」，其中一位朋友說我太自以為是「宇宙中心」，認為他人幫助我是理所當然。他們口中形容的我實在太壞了，完全是自以為厲害、令人倒胃口的人。什麼！我竟然是這種人！——嗯，雖然我大概有發現——但沒想到我真的是這種人！

去年過年時，我下定決心不再當這種令人倒

198

胃口的人。話說，我是何時開始這麼令人討厭
的？大概是十幾歲、太早離開父母的手掌心，所
以變成這樣的吧？不，這跟我離開父母沒關係，
搞不好我一出生就是個沒禮貌的傢伙。總之，再
這樣下去，我周圍的人都會離我而去，這是我最
害怕的結果。我拜託一位關係很好的日本書法家
Asako，幫我在很大張的紙上寫上大大的「該說
聲謝謝」字樣。她沒寫過韓文書法，但還是模仿
我的字寫下，最後我將寫好家訓的紙掛在我房間
的窗邊。啊！我收到的時候跟 Asako 說謝謝了
嗎？我不記得了！

　　家訓大得顯眼，對記憶很有幫助，所以去年
我說了很多聲「謝謝」，不過差不多只做到四成
而已。我正在思考今年要寫什麼家訓，舊的家訓
達成率還不夠高，可能還要多掛一年吧？或是改
寫更強而有力的「要說謝謝！」好了。

▊ 大家都炫耀外貌

　　身邊男性朋友過了三十歲後，其最大變化是臉的大小，男性的臉腫得比女性快了一點（但有時候也會遇到臉腫得嚇人的女性朋友）。

　　為什麼年紀越大，臉越腫呢？我的臉好像也正在變大。我拿出以前的照片比對，確實有腫了一點，是因為臉部肌肉變大嗎？還是下顎骨變長了呢？

　　查了一下，有些人說跟長骨無關，是因為皮膚彈性減少導致肌力不足，臉才會看起來很腫，特別是鼻子周圍長八字皺紋，還會長肉變成雙下巴或眼下的臥蠶⋯⋯另外還有其他網友安慰似的回覆：

　　「其實，男性和女性都有最美貌的時機點。別對自己臉部大小太悲觀，擁有高度的智慧與善良的心性，就無需擔心外貌，依舊會是有魅力的人⋯⋯」

　　文章尾端使用刪節號，真是淒涼的安慰啊。

一年增長一歲，如同詛咒，隨時間遞增，漸漸出現膝蓋痛、關節痛，微妙的肚子肉和大腿肉。啊！以後如果還長出臥蠶，我該如何接受？（臥蠶一詞給人印象太強烈，看過即忘不了）我試著想像某天會出現的對話：

「李瀧小姐，好久不見，過得好嗎？」

「嗯，還可以啦！」

「喔……李瀧小姐的臥蠶好像更明顯了。」

「啊……真的嗎？哈哈，可能是最近沒保養吧！」

「脖子上那是什麼？是不是纖維類瘤？」

「你幹嘛，討人厭。」

「介紹你一間我常去的皮膚科診所，在教大站，院長是男生……」

我該去看皮膚科了，下週就去！

我與12位朋友們

　　有一些人認識了四五年以上，後來也沒有聯絡。明明做了很久的朋友，但最後為什麼會變成這樣，我甚是好奇。也許進入社會後，這是很自然的事吧！幼稚園三年、國小六年、高中、大學等，身邊的人大約以三到六年為週期交替一次。大學畢業後，剛開始還會斷斷續續地和大學朋友聯絡，到現在只剩兩三位同儕持續聯繫。不過還是有些神祕的朋友不受週期影響，長期維持著友好關係，我幫他們取了一個愛稱，叫作「摯友」。

　　今天心情突然非常低落，翻了電話簿，標示常用的電話號碼有十三組，我從最上面開始一一打過去。第一和第二個都是很常聯絡的人，我們稍微聊了一下；第三個跟我同期的姊姊沒接電話，大概正在工作，聽說最近在警察局教育不良青少年——話說，不良這個詞莫名覺得很酷——第四個朋友一看就知道在上班，所以沒打給他；第五個朋友接了電話說他還在床上；第六個朋友傳簡訊說他現在跟媽媽在一起；第七個是媽媽，我沒撥過去；第八個朋友是團員，昨天還在濟州島一

起表演，就沒打給他——我發現我和他變成室友後，反而更少單獨聊天了。以前還會約在咖啡廳聊天，現在每天在家穿著背心、素顏走來走去，在外見面反而尷尬。若哪天他突然叫我化妝、穿漂亮一點，感覺就是有大事要發生，心情會很彆扭；第十個朋友最近失戀，常把「想死」掛在嘴邊，就沒撥過去了；第十一個朋友沒接電話，後來回撥：「FULL！」，我聽成「Free」，他重新捲舌：「今天是 FULL（行程滿檔）！」真掃興；第十二個朋友即將出國留學，正在語言中心學習，沒接電話；最後，第十三個朋友，我們已經約了明後天見面，也就沒打了。

存進常用名單裡的，除了媽媽，總共有十二名，我看著他們的名字想起一幅畫：《最後的晚餐》。假設我坐在中間，讓朋友們坐在我兩旁一起共用晚餐的話，我該怎麼安排他們的位置呢？這是非常困難的一道問題。若這份常用名單有所變動，會是什麼時候？是什麼原因造成的呢？

這十二位中，有一位這週要入伍了，因為比別人晚進去，真怕他會受苦；還有一位朋友正在

準備日本留學，倘若真的去成了，大概有好幾年不會回來；另一個朋友不知道是今年還是明年要去環遊世界，這一趟大概也要花兩年，如果有想定居的國家，也許會留在那。

除了出國留學或旅行，也有可能是因為生病或意外離開人世。到那時，這些再也無法被接通的電話該怎麼處理？我應該會繼續留著，並試圖撥給他。

像今天一樣。

▌像個老奶奶

　　我站在林蔭道後方，抽著菸觀賞經過此地的人們，各個穿著都很特別，可以看出那是男朋友、這是女朋友，那是狗狗、那位走嘻哈風格，她戴耳環，還有戴項鍊的，那個我也很喜歡、那個我也有之類的，自言自語。

　　沒有人在意我，不起眼的我在這邊自由自在地觀察別人，像個老奶奶。

▌睡入夢鄉

　　我常做夢，而且我的夢境都很真實，真實到甚至懷疑自己「真的有睡著嗎？」的程度。若現實世界稱為第一世界，夢境可謂第二世界。夢境世界對我非常重要，且與我的日常生活密切相關。做夢只是讓我眼睛閉上，頭腦精神卻比在第一世界裡更活躍，猶如每天二十四小時未眠，整日全身疲勞。第一與第二世界有許多不同的地方，除了背景之外，「我」的個性也很不一樣。

　　第二世界裡總是黑暗、霧氣重重，空氣非常沉重以致於身體不易移動。好天氣非常少見，但若天氣晴朗，身體可以很輕鬆地飛上天，既不是活人亦不是死者，如我們所稱的「鬼」或是「怪物」。這時候，我躺在第一世界的身軀通常正在冒冷汗、發著抖。

　　在第二世界裡，我的行動多半隨心情變化，性慾高漲、變得暴力，容易發生各種事情，像是抓起陌生男子的手往暗處走，空手或帶工具毆打人、殺人。我在第二世界裡幾乎不會為賺錢而工

作，不需要打電話或電腦作業，光著身子到處遊晃，遇見人便隨我的心情和他們親近或敵對。

　　若我在第一世界中有在意的對象，那個人亦會漸漸出現在我的第二世界裡。第二世界的「絕對時間」很重要，從他初次闖進我第二世界那一刻，到我們接吻或上床，需要好幾天的時間。這兩個世界相遇相愛的速度差不多，有時第二世界稍微快一些，但在第二世界裡離別似乎要久一點。即使在第二世界裡遇見第一世界裡已經分手的對象，將他殺個片甲不留，隔天他又會復活，重複同樣的事情；但有時候又會以完全不同的模式，冷靜訴說彼此的故事，真心去理解「離別的必然性」；偶爾甚至有第三方人物出現，客觀分析我與對方的關係。因此，我在第二世界裡經歷反覆好幾回離別，消耗大量情感，導致我回到第一世界時疲勞驟增，每天都很累。不過，結束這段漫長的離別後，那個對象便不在第二世界裡出現，完全消失。

　　近來，我在第二世界裡幫下一部電影取名，我很滿意，回到第一世界後仍不斷回想那個名

字。不久，另一個共同作家也傳了一樣的電影名稱給我，我們倆拍案叫絕。若是我在回過神途中遺忘的話會覺得很惋惜的，要是在第二世界裡可以拍照留念或傳訊記錄下來該有多好。急需開發這項功能。

　　此外，無論是第一世界或第二世界，「神」都不曾出現過，希望無論何時、在哪個世界裡，真心盼望神能出現一次。

我們
分手吧。

好,
分手吧。

去死吧!

你這小子
在哪撒野！！

夢境

保持聯絡。

好,
號碼別刪。

刪除(前)男友角色？
　　　　(Y/N)
　　─YES

夢境

▍再次相遇，讓我笑了

в在夢裡，我遇見一位非常久以前的舊戀人。

凌晨四點，我走在空蕩蕩的街道上，莫名一直回頭看，突然看見了他。我帽子戴得低低的，他沒認出我，直接擦身而過。我喊了他的名字，而他為了看清我的臉，走了過來，我也向前抱他並倚靠在他身上，他問我：「這時間要去哪？」說話的語氣，跟我們交往時，問我為什麼半夜出門到早上才回來的語氣一模一樣。雖然很想回答，但身體太疲倦，什麼話都說不出來。他大概是以為我有難言之隱，或想起我們無話可說的那段時光，於是嘆了口氣，說「下次再聊吧！」就打算走進商店。我從背後抓住他，用力開口：「剛從日本回來。」並重新抱住他：「好累，我真的好累。」他這才攙扶我。剛好下起了雨，我全身無力，一度要暈倒，衣服都濕了，他一臉不知所措。

直覺他家應該就在這附近，若我全身無力，衣服又全濕，現在他把我帶回家的話，我一定會

跟他睡。我的戀愛彷彿初始化，回到最初的模樣，對所有事都變得平靜。

因此，我持續說了好幾次「好累」，他好像打算買些酒再跟我一起回家，走進了居酒屋打包幾瓶啤酒。這時，我又遇見另一位以前的戀人，他是我現在倚靠的這個人的朋友，我們分手後所交往的對象。有些人看見我們會罵：「真噁心」，但當時我們關係很好，而且都太年輕了。

在居酒屋裡遇見第二位前男友，我看著他的臉笑了。因為看到他太高興，所以笑了一陣子。他一直問我問題讓我覺得煩躁，不過很是懷念，他問我的語氣是我們尚未交往、還是大學朋友的時候的口吻，例如：「明天選課時你到底要不要聽這堂課，快點決定。」聽到這番話，宛如時光回溯，回到了過去，所以我才會見到這些戀人們，我要跟他們永遠交往，不再為分手徬徨。

仔細一看，我發現他們都是很棒的人。然，就在這一刻，我醒了。

▌ 拜託了，全腦大開

　　第一次看《攻殼機動隊[1]》時，因為似乎沒時間看電視版，就看了幾篇濃縮的影片和劇場版。一開場就出現好幾次的女主角素子少校，她全身義體化，那是我初次知道「義體」的概念，非常吸引我。將人的記憶數位化，並改裝成大腦加上電腦的電子腦，身體則根據需求換上可替換及維修的義體，幾乎是不滅之身，依需求改裝的電子腦意識能暫時儲存於網路再回到義體內。近期觀賞的機器人電影《成人世界[2]》最後結局也出現相似的場面：某人死之前，將大腦記憶傳輸到電腦，數位化後再移植進入機器人電腦內⋯⋯啊！這算爆雷嗎？

　　大家會問：將大腦資訊全部數位化，那樣他算是人類嗎？《攻殼機動隊》的女主角亦深思好幾遍這個問題，但我還是好想被改裝成電子腦和義體。

---

① 《攻殼機動隊》是日本漫畫家士郎正宗於 1989 年首次連載的日本漫畫作品，1995 年時因動畫電影上映而在國際名聲大噪。
② 《成人世界》為 2015 年上映的美國科幻片。

感冒、全身痠痛的時候，我唯一的想法是「身體痊癒後，我什麼事都能做得了」；十年來的鼻炎偶爾嚴重發作時，我也會想：「若鼻炎好了，我什麼事都能做……」。

看見素子少校毫不猶豫地從大樓上跳下來，毫無畏懼地用身體抵抗敵人，超越人類身體的極限及恐懼，真心羨慕。至少讓我脫離女人一個月一次的生理痛吧，我很需要電子腦與義體。

曾看過一個新聞報導，義大利神經外科專家卡納維洛博士宣告：已成功通過動物實驗，證明頭部可以直接移植到另一個身體。聽說近期有人要請博士協助頭部移植手術，請託人是一位三十歲的俄羅斯男士，罹患脊髓性肌肉萎縮症，生命所剩無幾。這項手術被稱為「科學怪人手術」，不知道它何時實行，但倘若手術成功，往後的醫學發展變化會有多大，實在令人好奇。

《攻殼機動隊》的背景是第四次非核子世界大戰的 2027 年。從現在開始，剩不到十年了，到那時，應該真的有辦法實行頭部移植或全身義體化吧！假設可以，希望也能開發「瞬間移動」

的技術。

　啊！但想要在 2027 年成真的話，那之前我們還需要經歷第三次核子世界大戰，緊接著才是第四次非核子世界大戰。我會不會在接受義體化、改裝電子腦或是頭部移植手術之前，不幸死在世界大戰裡？那該怎麼辦……？

▌單純想拍

因為太想拍電影，我寫了劇本。不是受他人指使，也不是因為有錢賺，只是單純想拍，所以寫了劇本。寫完後，我到處拜訪周圍的朋友，給他們看我寫的劇本並拜託他們出演，沒想到周圍朋友都很爽快地答應了。我還說服跟我很要好、在拍攝電影的朋友一起製作，跑了很多地方租借場地，大部分是認識的朋友開設的書店、工作室和辦公室，他們很好意地說營業時間外隨時都能使用。除了演員和攝影師，沒有其他幫忙的工作人員，我一個人要負責各種交涉聯絡和流程進行。眼看就要開拍了，我還要改對白、準備拍攝道具，時間非常緊湊，在這之間還必須完結劇本和進行作曲。

為了拿寫好的劇情和分鏡腳本給拍攝導演，回家找遺漏的筆記本時，突然發現一封很久以前的信，是國中一起玩的鄰居姊姊寫給我的，這封信結尾寫著：

「你總比別人聰明，還擁有自由的靈魂。你

現在所追求的盡頭是什麼呢？」

讀到這句時，我一時有了這種想法：會不會我做的所有事都是在帶給別人麻煩？我想做電影，但為了不麻煩別人，我獨自完成劇本，可是從實現劇本內容的那一刻起，即是帶給別人麻煩的延續。我搶了別人的時間、租借別人的場地，借用別人的能力，卻沒有給相對的酬勞，還因事情運作不順，對幫助我的朋友生氣。

拍攝導演幫我編分鏡到凌晨四點，累了才騎摩托車回家；前天拍攝從早上八點到凌晨兩點結束，為此，白天經營書店的朋友和早上要去上班的朋友犧牲了他們的睡眠時間；拍攝途中，騎摩托車出去借相機鏡頭的導演沒接電話，讓我深怕他出什麼意外，幸好只是因為塞車來晚了。不過另一個答應擔任配角的朋友突然出了車禍，腳傷需要四週才能痊癒。明明該說抱歉的人是我，他卻跟我道歉不能赴約拍攝。

我為什麼要做這些？在家睡到自然醒、吃飯、玩遊戲，偶爾看書、喝咖啡、抽煙上網，最後回床上睡覺，就不會帶給別人麻煩了。

█ 輕鬆利用都市

我從不早起，每天都凌晨三點以後才睡，中午過後才起床。其實偶爾也會上午起床，但直到下午兩點左右才會真正清醒。今天我醒來時，發現已經三點四十分了，看了眼手機，各式各樣的通知不斷浮現。我手機會設勿擾模式以防影響睡眠——發明這項功能的人是史蒂芬・賈伯斯本人嗎？真心感謝——當初不知道有這項功能，常一早被傳來的訊息震動聲吵醒，讓我一整個早上心氣不順。

雖然我住在都市，但我的生活不像其他人一樣勤勞。有想看的電影時，我會週日晚上十點後去電影院看，而那正是普通上班族最有壓力的時間；偶爾想騎腳踏車，就等大部分運動人士該回家的晚上十一點再出門，那個時間去漢江可以享受悠閒的騎車之旅。晚上七點到九點之間，會有人將手機音量開到最大，邊聽音樂邊跑步，或有一些可怕飆車族開著明亮的車燈，完全無法好好享受；我吃第一餐的時間跟大部分餐廳的休息時間重疊，曾跑了三家都關門，最後在沒有中間休

息的餐廳裡，約四點時吃第一餐，第二餐大約九點吃；有時候我會去開到很晚的餐廳或二十四小時營運的咖啡廳，若過了凌晨三點還睡不著，我會帶著想看的書去咖啡廳看，甚至把手機放在家。作為現代人，我若不強制遠離手機，可能一個月都看不了書。週末我通常不出門，只待在工作室工作，週末無論何時，到哪都是人潮，所以無法享受閒暇的城市生活。

這就是我的「日常」。

大概從早上六點到下午兩點，在這段完全與世隔絕的時間點環繞城市的人們，他們過著怎樣的生活呢？他們和我之間不同之處在哪？今天我的城市生活依舊非常清閒。

저는 가방이 없으면 밖에 못 나가요.
가방에는 꼭 들어있어야 하는 게
몇 가지 있는데요.

我沒包包出不了門。
有幾樣東西一定要帶著。

오잉…
喔……

나도 데려가
也帶我走吧

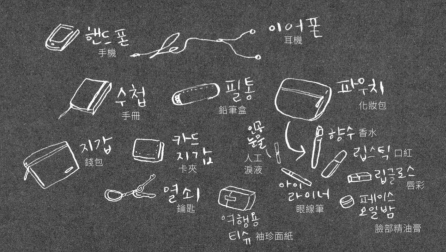

핸드폰
手機

이어폰
耳機

수첩
手冊

필통
鉛筆盒

파우치
化妝包

지갑
錢包

카드
지갑
卡夾

인공
눈물
人工
淚液

향수 香水

립스틱 口紅

립글로스
唇彩

아이
라이너
眼線筆

페이스
오일밤
臉部精油膏

열쇠
鑰匙

여행용
티슈
袖珍面紙

▌下巴疼痛

　　從四、五年前開始，我下巴的疼痛就越來越劇烈。症狀大約是從製作短篇電影畢業作的時候開始出現，每天四小時，總費時兩個月製作那時。當時我應該沒有很咬牙切齒工作，但我的下巴肌肉卻隱隱作痛。隨著時間流逝，越來越緊繃，彷彿一觸碰，整臉就會撕裂般。某天我結束編輯工作後，痛到嘴巴張不開，也無法說話，還以為是神經緊張的關係。

　　去看了牙醫，醫生說無需治療，可能是戴牙套的副作用（我十八歲戴牙套），建議我回家用熱毛巾按摩。於是每次下巴疼痛的時候，我都會這麼做，可是沒什麼效果，反而惡化。

　　一開始，單純在集中精神工作的時候發作，但最近連不工作的時間也會痛，持續了數年。現在我已經歸納出疼痛發作的規律了。

　　待在家時不會痛，就連最嚴重的時候，只要一回家就不痛了。反之，一出門就會開始疼──

這時候若可以不赴約，就會取消約會——若是在家卻有客人來的話也會痛，但如果那位客人是很要好的朋友，就不痛或一點點痛。

外出見工作上的朋友，百分之百會痛；見朋友的情況，有些會痛，有些則不會，所以漸漸只會跟不痛或一點痛的朋友見面，人際關係變得狹隘；到陌生的地方就一定會痛，即使和不痛的朋友見面，只要約在陌生的場所，下巴依舊會疼痛。

最安全的選擇就是一個人待在家，或是和讓我不會感覺到痛的朋友約在熟悉的咖啡廳。但若那家咖啡廳突然湧進人潮怎麼辦？會痛，所以只能回家。

有時候會覺得這個疼痛支配了我的生活，但某天在陌生的咖啡廳和工作夥伴見面時竟然沒有感覺。原本預想跟工作有關的多少會發作，於是正慶幸沒有疼痛的同時，又漸漸開始了。説不定是下巴正在打瞌睡，但我意識到了，所以它突然醒來：「啊！我怎麼睡著了！」又開始作亂。

種種狀況分析下來，下飛機的那一刻，不、

是從飛上天空的那一刻起，四周都是陌生之處，因此原以為出國時痛症會很嚴重，結果意外地沒有任何反應，真奇怪。

　　得出的結論是問題在於首爾嗎？可能首爾帶給我一種緊張感——我只要離開首爾就不太會失眠——但我還是很喜歡首爾，在首爾有很多搞笑的事情發生，不是哈哈大笑，多半是噗哧的笑或嘲笑。這個城市裡，許多巨大雕像會難為情地噗哧笑，美國大使受傷時會有人跳扇子舞祈禱他恢復健康，大學生們在草地上成群坐著，邊彈吉他邊祈禱，女生會邊走邊抽煙，隨便亂敲陌生人後腦勺；香菸價格一年漲兩千韓圜，政府毫無對策便隨意禁止室內抽煙，以致於冬天時抽煙的人們只能在外面發抖，不抽菸的人反而更常出現在容易間接吸到菸的地方；污衊女性的搞笑藝人不斷出現在電視節目上，年輕女孩們穿著短到要快露出內褲的衣服，擺臀弄舞。這麼寫下來，這裡真無趣，真是個好奇怪的地方，我似乎沒看過比這裡更奇怪的地方。

　　去到國外，可以發現很多當地的優點和缺

點。我不管去哪都很能找討厭之處，但有些城市真的沒有缺點。很希望可以在某些地方住上半年，有些地方則想住個兩三年，但每當這時候我又會想起首爾。

我是首爾人，我在首爾有想做的事情，我很討厭首爾但同時又很喜歡它。世界上沒有比首爾更怪的地方了，這點讓我既討厭又很愛，我可以費盡所有力氣來嘲笑首爾，直到我不在這世間，所以我必須待在首爾。

但真的是這樣嗎？

下巴疼痛的問題難道不是我承受不住了嗎？它是在警示我該離開了嗎？

想起那些不會讓我下巴疼痛又很安祥和樂的地方，在那裡我幾乎什麼都不用思考，頂多想「今天要吃什麼」罷了。那裡的天氣總是晴朗溫暖，離游泳池很近，遍地綠油油，常常分不清是髒還是乾淨，可以很平靜地生活。但為什麼我還是想要回到緊張的地方？

有時候我會很想要幸福，所以很常聽也很常唱女團 Red Velvet 的歌曲《Happiness》和國中喜歡的團體 H.O.T《幸福》。我很喜歡大家說或唱「幸福」的時候，那些音符、開朗的歌聲像要衝向雲端。

　　為什麼我要埋藏那些聲音，回到緊張的地方呢？

몸이 소리지른다.
" 가만히 있어, 가만히 있어.
존나 가만히 있어.
어디 나갈 생각도 하지 마."

身體發出聲音：
「安靜待著，靜靜地，
非常靜，別想著要離開。」

니가 올해
날 살려낸 거니?
你今年救了我嗎？

아파~
痛~

니가 날, 올해도 결국
살려낸 거니？？？

結果你，今年也，
救了我吧？？？

▌ 完成的瞬間

我看了一部紀錄片《夢與瘋狂的王國》[1]，這部片記載了宮崎駿正在製作最後一部作品《風起》的過程，我反覆看了好幾遍。大師在製作動畫之前，不會事先寫好劇本，而是在畫分鏡圖的同時一起完成圖畫和故事。一邊畫分鏡，一邊寫下台詞，在腦海想像一個畫面的長度並拿出碼錶計時。

每天早上十一點抵達工作室，直到晚上九點才放下筆，大師花了兩年時間完成作品分鏡。某天夜晚，他坐在書桌前檢視分鏡圖，重新計秒好幾遍後，脫下眼鏡，默默說了一句：「啊！真煩，是不是該隱退了？」第二年完成《風起》的那一刻，等到很晚還沒下班的製作人很高興地說：「分鏡圖完成了！」本來安靜坐在位子上的工作人員都紛紛起立鼓掌，但很快又疲倦地坐回書桌前。我非常喜歡那一個瞬間。

---

①此為首部以動畫工作室「吉卜力工作室」為題材的紀錄片。影片內容圍繞在吉卜力核心人物高畑勳、宮崎駿、鈴木敏夫等人身上，拍攝期間高畑勳與宮崎駿分別在執導動畫《輝夜姬物語》與《風起》。

一個人寫故事的我，每次「完成的瞬間」都只有我一個人。無論是完成一首歌曲、寫好一齣劇本，或是漫畫截稿的時候，我都是一個人。完成的那瞬間非常安靜，一個人心情澎湃，有時會想說什麼或做些什麼來表達這份心情，所以拍書桌照、起身走動，甚至檢視文句時看到哭。經歷過的人都知道，會永遠記得完成的那個瞬間。

聽說宮崎駿每天都要吃安眠藥，他說：「做這行當然睡不好。」失落感很重，畫也畫不好，他總說明天應該可以好好畫畫了。在工作人員休假的日子他也一個人出來畫圖，偶爾才休息半天，早上起床做按摩、做伸展體操、沖澡、撿垃圾、喝咖啡和吃飯，大概這樣三個鐘頭左右的生活是他在工作室以外的所有時間，這幾個小時內肉眼所看見的範圍即為全世界。

即使我不是位名導演或大作家，但我每天到工作室上班，做一個不受人指使的自由工作者，模樣與宮崎駿並無不同。今天又在這書桌前坐了好一陣子，期待下一次的完成瞬間，看似迷惘又不迷惘的生活，真是奇特。

需要下午茶時間

　　看了一部 EIDF [1] 得獎紀錄片《下午茶》，講述一群智利的高中女生們六十年來每個月定期聚在一起喝下午茶的故事。這部片紀錄他們六十週年聚會到六十四週年聚會的時光，從頭到尾。鏡頭裡的老奶奶們，臉龐幾乎佔據整個畫面，中間穿插著（看起來非常）甜又好吃的點心，很快地又回到奶奶們的聊天畫面，看著聽著，開始覺得無聊。前半段依據瑪麗亞・特蕾莎的解說得知原本聚會成員有十一位，現在只剩下八位。她們在喝下午茶之前會先禱告，不忘已離開人世和因病而無法參加聚會的朋友，會祈禱並呼喊她們的名字。

　　除了劇中的老奶奶們拿起叉子吃蛋糕喝茶的模樣外，最讓我在意的是每年聚會拍照的時候，成員數逐漸減少，相反地他們祈禱的名字變多了。六十週年是八位奶奶，六十一週年減至五名，而六十二週年是四名。聚會氣氛越來越安靜，

---

① EIDF 為 EBS 國際紀錄片節，2004 年開始由韓國教育廣播系統製作的年度電影節。被譽為「亞洲著名的紀錄片節」，也是世界上唯一一個在電視和電影院上映的電影節。

雖然有人說要加入新成員增添活力，但其實她是擔心維持六十年以上的聚會就要到此結束了。幸好，六十三週年有添增一位成員，變成五位。

下午茶聚會裡，偶爾會有補妝的畫面。奶奶們補著底妝和口紅，彼此稱讚唇膏顏色，搭配穿著與飾品，適當的美感令人無法忘懷。但有時她們也會照著鏡子，對自己蒼老的樣貌嘆氣。明明同年紀，有人的皺紋看起來很端莊，有些則是蒼老。雖然先前增加一名新成員，但到了六十四週年又少了一人。

大學畢業後，和我有繼續往來的同學剛好就四位，但我們從未全部人聚在一起過。若我們也來辦下午茶聚會就好了，從現在開始，直到大家從相片裡消失為止，彼此互相祝福。

可是，《下午茶》的老奶奶們是輪流去成員家裡聚會，我們該去哪裡聚會好呢？以前我們不是住學校宿舍，就是租學校附近的半地下室或屋塔房，現在則是回京畿道父母家或住在首爾邊境的房子。至少大家都脫離半地下室或屋塔房了，先聚在大家的獨居套房喝下午茶，如何？

▊ 需要閱讀時間

　　望遠洞有一間小型書房,名為「萬一」。離我工作室和常去的咖啡廳很近,所以很常光顧。我常去的理由是因為我很滿意這裡的書籍分類,該如何說明才能表達出這種感覺呢?這些書宛如「在說話似的」被掛在書架上。

　　「最近這個人氣很高耶!如何?有興趣嗎?」
　　「是唷?那這個呢?很吸引人吧?」
　　「我身旁也有蠻多不錯的書,有空看看。」

　　我僅能說,能夠想出這樣的分類法是因為書店老闆擁有獨特卓越的眼光,我每次去那裡都一定會買一兩本書。

　　能夠有一個書房讓人享受且令人想買書,真的很棒。但問題是我買了書卻沒有閱讀,把買回來的書一一擺到書架上,卻從不知道何時能讀到它們。於是我現在要努力回想我一整天的工作流程,思考到底什麼時候可以讀書。

　　首先，我都是騎腳踏車移動，在過程中無法讀書。到了工作室，第一件事是開電腦確認郵件和 Twitter，接著觀賞新出的偶像音樂錄影帶，看看每週的生死決鬥賽花落誰家，另外看個美劇，作為寫劇本的參考；覺得無聊就改拿手機和朋友傳些廢話，或點開 Instagram 看別人都吃了些什麼、玩了什麼等等，肚子餓就叫外送。到了晚上，工作室的人們三三兩兩聚在一起玩個幾局卡牌遊戲或桌遊，直到三更半夜才開始寫文，凌晨才又騎腳踏車回家，洗過澡後在黑暗的房間滑手機看 Twitter，最後入睡。

　　想來想去，還是不知道該在哪安插讀書的時間，於是向周圍的朋友們尋求建議：「你們都是在什麼時間，什麼地點看書的？」上班的朋友說他會在休假時去咖啡廳讀書。哇！一個人在咖啡廳讀書也太酷；另一個朋友說在家或去圖書館看書。圖書館！我最後一次去圖書館是何時？大學畢業後好像就再也沒去過了。但這位朋友的工作是寫書評，他說真的是自己出於好奇而翻閱的書一年內大概沒幾本。那請問純粹想讀書的人都是何時、何地，以及如何讀書的呢？

我需要一個讀書方法。

▊ 職業讓人疲憊不堪

因為職業的關係，我常聽到身邊的人跟我說：「你可以做自己想做的事情真好！」、「如果可以，我也想過跟你一樣的生活。」假如我抱怨工作好累，他們都回我：「真是身在福中不知福。」

雖然自稱是藝術家很害羞，但我的職業就是藝術家。大家對藝術的想法是怎樣的呢？有或沒有都無所謂嗎？

活得越久，越發現「藝術」這個詞，對大家而言——包括我——越來越不具正面意義了。

我為什麼要以藝術為職業？

我不要「沒有為什麼，做著做著就變成這樣了」這般天真的回答，而是希望真摯、深入的思考。

我認為藝術的目的是「慰藉」，仔細來說是「依附在體驗中的慰藉」。這份慰藉即使是現在

這一刻，根據人們的選擇，存在於他們身邊，像是大家搭車聽的音樂、手機播放的影片、犧牲睡眠在清晨或深夜觀賞的電影，以及眼盲手亂——我認為它算是藝術——的遊戲。

人工作總會有累的時候，無論是什麼工作，它的本質都會使你疲憊。藝術家是為了給這些疲憊的人們小小慰藉而存在，而我就是這樣的人。但創造慰藉的藝術家也是會累的。

可我仍想創作。

我想知道人們渴望收到什麼樣的慰藉，因此我必須先知道自己的想法，為此，我需要檢視自己既黑暗又悲傷的心靈。這件事真的特別痛苦，但我還是要做。

白雪覆蓋的山與蛋糕卷

　　一位畫家朋友正在畫被白雪覆蓋的冰島山丘與田野。從我工作室到他工作的地方，走路只需五分鐘。說了很久要去參觀，但一直沒去，直到聽說最近要搬走了，才想著趕緊過去一趟。去到那，果然看到許多龐大鮮豔的畫作，真的很棒。我的工作室裡全是文字工作者，天天都充斥著打字聲和煙味，畫家們的工作室裡則充滿油畫味，真的很新奇。我在的工作室裡沒有屏風，彼此用電腦螢幕遮住大半的臉，勉強有點隱私，然而這裡每個人位置都有屏風或簾子遮蔽，雖然能聽見彼此的聲音，卻無法看見對方的畫，這點很有趣。

　　愛上冰島的朋友畫了很多相關作品，也有出書和辦展覽，但最近他的書桌上多了很多其他幅畫，特別是關於蛋糕卷、栗子麵包和酪梨的畫。以前大部分的畫作都以白藍色居多，故這般陌生的題材選擇，讓我忍不住開口問他，而他說是因為「沒有想畫的題材」。走出家門，經過閃亮的廣告看板和吵鬧的街道來到工作室，卻沒有任何靈感。我們的工作室都在同一社區，所以我們看

見的風景差不多，有相似的感受。出地鐵站，走到工作室的路程僅需十至十五分鐘，沿路各種吵雜的聲音，即使進到了室內仍會聽到一堆車子呼嘯而過的噪音，偶爾還會有吵架聲或地下練習室裡傳出的貝斯聲，一整天最美好的記憶大概只有書桌上的羊毛玩偶。大部分的日子都是這樣的。

我們住在首爾，至今我們仍住在首爾，不過我們也很想看看美麗的事物，如綠意盎然的大樹、白雪覆蓋的田野。因此，畫家畫了今天看過最印象深刻的事物，即方才吃過的蛋糕卷，而我則是看著那幅畫著蛋糕卷的圖寫文章，莫名覺得悲傷。

▌今天的我

　　醒來後，瞄了手機一眼，看不太清楚，把其中一隻眼閉起來才稍微清楚了點。丟下手機，起身喝水，順便餵純一吃飯，最後才真正起床。打開糖果包裝將糖果塞進口中，一邊抽著煙晃到客廳，一邊打開手機下載好的獨角喜劇[1]錄音檔，邊聽邊走去上廁所及刷牙，漱口的同時順便洗臉。若旁邊剛好有毛巾，會順手拿起來擦臉，若沒有，擦也不擦就走回房間，也不管臉上的水漬，直接擦化妝水。而且我幾乎不會同時上乳液和粉底，心情比較不煩的時候，擦乳液；較煩躁的時候，擦粉底液，因為乳液對皮膚好，粉底液對皮膚則無益處。

　　先穿下半身再搭配上半身，戴個帽子、拿包包，出門前再戴上手錶，偶爾會忘記帶鑰匙。交通卡夾放在外套口袋，放現金的皮夾則是丟進包包前方夾層，然後在客廳抽完一根菸，才踏出家門。

---

①一種喜劇表演，又稱為脫口秀、單人喜劇或站立喜劇。通常由一位表演者直接面對觀眾進行演出。

上車、下車、換車，又下車，再用一分鐘的時間從公車站走到工作室。從冰箱拿出事先準備好的冰滴咖啡和牛奶混合成冰滴拿鐵，倒入愛用杯子，坐到書桌前，抽煙。這時打開筆記型電腦，連接螢幕，再抽一根菸。書桌隨便用面紙擦擦，偶爾脫掉鞋子換成拖鞋，但大部分是直接穿著外出鞋。確認郵件、日曆，補上行程，整理桌子。

　　若有其他人在工作室——通常會有一到兩個人——我們會一起叫便當，邊上網邊等外送抵達。便當一到，大家就聚集到工作室的共用餐桌吃飯。吃完以後，坐在原地抽煙或回自己的位子抽。有些人飯後會刷牙，但我不刷。

　　我一天只刷兩次牙，不過今天我帶了牙刷。大部分工作室的人都會在吃完飯後刷牙，所以我也跟著帶了牙刷，但到現在還沒從包包拿出來過，應該會在回家之前拿出來一次吧？我也要成為吃完飯會刷牙的人才行。今天有個人一直傳攻擊性的訊息給我，太令人傷心了，不過因為現在這裡還有其他人在，我不能哭，只好假裝拿面紙揉眼睛，偷偷落淚。其實我很想大哭一場。

▌應該要再多演一些戲

　　我坐在東京一個俱樂部裡的小角落，這裡音樂開得非常大聲，讓我可以毫無顧忌地自言自語。大概持續了三十分鐘有吧？我的自言自語一往如常，每次都是以「好想死」這句話作為開頭。

　　「好想死，去死吧？怎麼做？吃藥？要吃多少？像上次那樣，吃得不夠多，中途會醒過來，太可怕了，我不想再經歷一遍，那我要吃多少量才不會重蹈覆徹？想要收集足夠致死的安眠藥，得花多久時間？現在幫我開安眠藥的醫生知道我偶爾會吃一點，假設我這段時間太常請他開安眠藥，他會不會起疑心？好複雜啊！聽說在瑞士，安樂死是合法的，要不要好好查一下方法？應該很貴吧？存到那筆錢，要工作多久呢？純一怎麼辦？好歹是我養的貓，我不能比牠先死，我不想給牠傷害，所以不能繼續想下去了。演戲吧！再多演一些戲。但在演戲的期間，我該做什麼好？出專輯、辦表演、製作電影、畫圖或漫畫、寫書、交新朋友、遇見新的人，吃美食、穿好看的衣服、戴好看的飾品、收藏美麗的東西、尋找漂亮的家、

找到很棒的室友、和純一玩、跟爸爸媽媽親近、整頓或努力親近那些已經疏離的人際關係之類的？首先，我明天要做的事是？明天要和惠美一起去她想要去的店，再一起吃晚餐，那早上⋯⋯啊、現在人在俱樂部，應該會待到早上，想必是吃不了早餐了，那就吃午餐吧！要吃好吃的，還有美味的晚餐。行程別太緊，這樣就可以早早回家洗澡。或是去挖一些買很久、但現在還能穿的漂亮衣服，這不錯，去試試一直想做的髮型也滿好的。對了，便利商店的布丁、冰淇淋，吃一點也不錯。所以，再多演一些戲吧！直到純一比我先離開，其他的都不要想，讓自己吃好一點！」

　　即使我大聲自言自語也不會有人發現。小時候我自言自語，媽媽、老師或其他大人們都會來問：「你在幹嘛？想做什麼？」

　　很懷念以前他們問我為什麼在自言自語、今天做了什麼、心情如何、明天想做什麼的時光，我真心想告訴他們原因。我撩起袖子，提筆寫下：「瀧啊！你想做什麼？」

大家都是怎麼照顧自己的？還活得好好的

嗎？

怎麼會有這樣的生物存在？
如此漂亮、可愛、神奇、
又有趣、會發脾氣、偶爾很吵、
活出自我、惹人愛、肥嘟嘟的，
所以讓人喜歡，所以讓人擔心……
嗯……我愛你……
我太愛你了，
所以別死……
別死，求你。

█ 想要消失也難

　　想死要去哪裡死呢？假如我在寄宿的奶奶家死掉，一定會被舅媽和表弟妹發現，帶給他們極大的創傷，怨恨我這個十年後突然出現的表姐竟然跑來死在自己家，這樣似乎不太妥。那……去飯店或旅館嗎？清潔人員會發現吧！他該有多不開心。

　　不然到遙遠的地方，在某個森林裡，帶上露營帳篷？我既沒車又沒駕照，怎麼去那種地方？帶著露營帳篷到處跑很重，而且萬一我想大量食用安眠藥，還得找地方躺下睡死。若那裡天氣太冷也不行，需要找一個適當的天氣，帳篷也不能太重，還必須是走路可到的地方。總之，我死的話，一定會被人發現，我會對那個人深感抱歉，因為可能帶給他無預警的不快感。為什麼讓自己消失在這世間是如此複雜又困難的事呢？但我又怕投江自盡，還因為有懼高症，所以當然跳樓也是 No！

　　綁住自己的手腳，讓自己溺死在接水的浴缸

244

裡自殺或吸取大量瓦斯氣體昏迷不醒，無論哪種
方式都會被人發現，對於那個發現我的人，我會
對他很不好意思。難道沒有不被人發現就可以消
失的辦法嗎？飛機在空中爆炸，好像還不錯。每
當我搭飛機遇到亂流導致機身搖晃時，我都會期
待意外發生，手直直冒汗……也許真的會墜機，
我就可以就此消失在這世界上，終於！但期待只
有一下，飛機就平安抵達陸地了，啊！我又存活
下來了……。

　　我真的好想消失，每一天都過得好累。雖然
生活很累，但想辦法消失更累，所以我今天又決
定去找自己該做的事，繼續活著。做什麼好呢？
做些什麼可以讓心情好一點？

　　「瀧啊！明天要幹嘛！明天想做什麼！！」

▋自言自語的訓練

　　今天我又開始自言自語了。我躺在床上，自問一些別人不會問我的問題。

　　人與人之間的對談是一件很困難的事，無論是跟家人、好友或戀人，對話裡藏有太多無法解讀的意涵，所以我常疑惑為什麼要有對話，它的本體是什麼？如此溝通不良，又為何要存在語言這種東西？而且無論多仔細聆聽、觀察他人的表情與眼神，或向對方提出各種問題，也終究無法正確理解彼此說的話。我今天又與人雞同鴨講了，而且還是用外語，比起母語更是生疏。雖不能完全理解，但我們卻毫無間斷地聊天。尤其我在日本的時候，睡覺時還會用日文說夢話。無意識的狀態下，日文竟然會脫口而出，好神奇，又非常怪異。我說得流暢嗎？現在我在說些什麼呢？

　　我常疑惑自己在說什麼，而且即使我說累了，仍繼續在自言自語，自問自答好幾分鐘，甚至好幾個小時，誰看了都會覺得這人很奇怪，但這是為了訓練自己，讓我更了解自己。

█ 只是想聽到一句外套很好看

　　我來到這個不想讓人知道的地方已三週有餘。2015 年我帶著兩個行李箱，到處去別人家借住。僅靠一雙鞋子和兩個行李箱活到現在，太不可思議了。正想著自己是不是行李太多了的時候，卻買了一件外套。我似乎沒辦法忍住不買外套，因為它們真的很漂亮，無論我裡面穿什麼都可以搭配。

　　唯有外套，它是我覺得最棒、最帥、最美，也是最想穿的衣服。某天，我穿了一件很帥的外套，但它帥得讓人有點害羞，因此我故意另外背了一個很幼稚的後背包。那個包包上掛了一隻餅乾怪獸玩偶和好幾支喀拉喀拉作響的湯匙，我用包包抵制過於帥氣的外套，想製造一種自然不做作的帥氣感。

　　其實，我很想聽到大家稱讚外套很好看，但總是事與願違，我只好自己先炫耀了，通常是刻意送外套給交往中的男友或朋友當作禮物。外套，Coat，英文發音聽起來也特別帥氣，不過它

本人更帥，不管是我穿，還是別人穿都很好看。

假如以後我被流放邊疆，我一定要帶外套，但要帶走哪一件好？從現在起，我得好好思考。

最近買的黑色羊絨外套好像不錯。

真希望是在冷颼颼的天氣被流放。

世界的中心

　　準備下一張專輯的過程中，我拿了幾首已經寫好的歌詞給老闆看，結果他說：「太多關於你自己的故事了，你以為你是世界中心嗎？」以前，我好像也寫過類似的內容。寫了太多有關自己的故事，其實也膩了，所以我今天打開電腦嘗試寫寫其他人。但除了我自己，我想不出來有什麼可寫的。現在，來試著說說看我以外的人吧！

　　先拿一瓶啤酒。

　　這裡是宥珠（音譯）姊姊家。宥珠姊姊是一位有名的小說家，她去羅馬了。她在外地期間，把家借給我這個無家可歸的人，所以我來到了這裡。至今我從未讀過姊姊寫的小說，我和姊姊是在工作室認識的，我們是室友。在工作室裡，我們一起玩卡牌和桌遊，根本不知道她是一位名作家，只覺得她很高、很漂亮，又很會玩遊戲。

　　姊姊家很舒服，東西雖然很多，但反而讓人覺得安心。以前我無家可歸的時候，曾借住在朋

友惠美家。第一次去惠美家時，我嚇到了，那是我看過東西最多又最亂的家。亂與東西多且亂的家，是有差別的。我住在惠美家時，那雜亂的模樣激起我內心整理的欲望，可是要整理的東西太多了，不知從何下手，因此僅是想想罷了。久而久之，整理的欲望漸漸淡去，慢慢變得安心。如今我到惠美家，依舊覺得心安。

宥珠姊姊的家東西很多但很整潔，因為整理得很好，每件物品都有它的專屬位置。姊姊的每一樣東西似乎都不止一個，像是書籍、專輯、衣服、皮鞋，甚至雜誌、玩偶、化妝品及香水……各式各樣，每一種都有很多個。

我借住這裡期間，一有睡不著覺的時候，我就會去欣賞宥珠姊姊的物品，有時候欣賞香水、有時候整理化妝品，甚至有時候看漫畫看到整晚沒睡。雖然姊姊不在家，但跟她的東西朝夕相處，我似乎又更認識她了。姊姊喜歡天空色和紫色，漫畫的喜好跟我一樣，她還喜歡我沒聽過的音樂，沒想到姊姊用的洗衣機和烘乾機是舊機種，還有她很喜歡松鼠。

　　主人不在的家，我跟主人的物品一起相處，真好玩，當然其中還包括我兩個行李箱，以及我的貓。我真厲害，無家可歸，卻能和我的貓到處遊蕩還活得好好的。

　　啊！又回到我自己了。不行，我不能再講我自己的故事了。

이랑 / 리랑 / 리롱 / LEE LANG / イ・ラン / 李瀧[1]

---

①這組插圖是由作者的中文、韓文、日文三種寫法組成。其中「리롱」是「李瀧」的唸音，「리」是「李」的唸音及韓文寫法，但因為韓語文法關係，「리」後來演變成了「이」。

▌吃喝拉撒的生活

　　日本大師正岡子規晚年生病躺在床上不能動，到他過世的幾年間，他寫了很多有關自己吃過的食物，甚至出了書。內容是早上、中午和晚上各吃了什麼、零食吃了什麼等，非常詳細地記載於書中，所以這本書滿滿記錄他吃過的東西，以及大便的形狀長怎麼樣。換句話說，是一本記錄他吃些什麼，以及排泄的日記。

　　吃了什麼？如何排泄？這些好像就是全部了。

　　想起了我在度假時的回憶，我和朋友們像群呆子，一直反覆說著同樣的話，像是：「快餓死了」、「飽死了」和「去大便」這三句。我們三個一整天重複同樣的話，彼此哈哈大笑說對方像個傻瓜。就算這樣，還是會有人說出這三句話，因為除了這些，沒什麼好說的。沒有截稿日，也沒有會議，什麼約都沒有的悠哉日子，自然而然，精神全集中在吃或拉。

　　我們三人在度假勝地待了兩週，這段時間我們不斷互相看著對方的臉確認是不是餓了，吃多飽？排便順暢了嗎？真棒的時光啊！

　　我還很健壯，在悠閒的日子裡過著這種生活，但正岡子規大師卻是在體弱多病、面臨死亡之際，非常集中於吃喝拉撒。我試圖揣測他的韌性與負擔，雖然難以用言語說明，但就如同全身黏踢踢的，很不舒服。我極其恐懼死亡，光是想像自己身體受傷或生病的樣子，就不自覺地害怕。我將自己代入這種晚年生活，如果我躺在病床上，飲食和排泄都有困難，我還有辦法記錄這些事情嗎？每天仔細記錄這些事情，心情會如何？那會是生活的紀錄？還是死亡的記載？

　　治療憂鬱症的方法之一是記下飲食習慣。今天我是怎麼活過來的，透過紀錄去確認，努力讓自己有力氣活下去。當然，記錄飲食習慣還有一個好處是能知道自己「吃得很好」，所以所謂的生命就是讓自己吃得好嗎？

　　我今天吃了一餐，吃了披薩，喝了可樂和啤

酒。有一點便意，稍微用力地大了兩次。

비밀스러운 습관

我的祕密習慣

 — 저는 집에서 나오면 떨려요.

—我從家裡走出來就會全身發抖。

저는 짜자파게티를 끓여 그릇에 담고 —
그 사이 10초 정도에 냄비 설거지를 해요.

—我煮了炸醬泡麵裝進碗裡後，會在十秒內洗好鍋子。

 — 저는 매일 우편물이 왔는지 확인을 하고,
우편물을 집에 안 가지고 들어가요.

—我每天都會確認信箱裡有沒有信，但不拿回家。

저는 지폐를 금액 크기 순서대로 —
숫자가 앞면에 오게 맞춰서 지갑에 넣어요.

—我會把紙鈔按照面額大小整理，數字朝前放入皮夾。

— 저는 만족스러운 똥을 누면
물을 내리기 싫어요.

—如果大出令人滿意的便，我會不想沖水。

저는 뒤에서 누가 뛰어오면 —
곧 찔릴 것 같아요.

—如果有人從我背後跑過，會有一種可能會被刺傷的念頭。

▌希望大家都成為名人

　　睡不著的時候，我會到各大搜尋網站打各種名字，包含我自己的。不過，輸入我的名字，每次出來的結果都一樣，無聊。網站顯示的搜尋結果莫名令人覺得有趣，雖然毫無意義，但總是讓我想這麼做，為什麼呢？

　　今天早上五點以前，我一直睡不著，於是上網一一搜尋前男友們的名字。有一些從 2005 年後再也沒有消息；有些則什麼都搜尋不到；有些幾年前還出演了白痴的節目；更有人移民國外，名字出現在在外同胞政局宣言聲明書上。

　　我忽然希望下次可以遇到一位比我更加有名的人士。非常突然，毫無理由，我只是這樣想罷了。

　　我也一一搜尋了朋友們的名字，有些朋友既有照片、活動經歷，還有個人 Twitter 帳號；有些朋友雖然在 Twitter 上有名字和學歷，卻沒有照片；有些朋友活動漸少，被其他活躍的同名人

物擠了下來。

不知為何，我必須搜尋他們才會安心，才知道原來大家過得很好，所以我要在網站上搜尋名字，確認你們是否都過得好。

與那些分手的戀人不同，即使不常聯絡，不住在同一個城市或國家，但依舊能透過搜尋網站依稀知道在哪裡的朋友們，知道你們都過得很好就好。就算過得不好，至少我知道你們還活著，真是太好了。

現在，我終於知道為什麼我想遇見比我更有名的人了。當我想念已分手的戀人時，我會一直搜尋他們的名字──我想要透過搜尋，知道他們在哪、在做什麼，哪怕是一點也好──如果他比我更有名，那資訊一定更齊全，我就能常常搜尋他了。我好想念大家。

漸漸，我想睡了。

내 별 같은 친구들.
어딘가에 있지만.
잘 보이지 않는.

我星星般的朋友們，即使他們就在某處，
我仍無法看清楚他們。

■ 希望成為被世界需要的人

沒看到諮商老師寫給我的紙條。

那真的是一張很珍貴的紙條，我到處都找不到。好想哭。

那紙條真的很珍貴，因為那裡寫了我為什麼是這個世界需要的人，在沒看到那張紙條之前，我想不起內容。雖然隱約記得一些，但不是很清楚。

我現在很需要那張紙條，拜託一定要找到。

我想成為被世界需要的人。

到底想成為做什麼事的人 /
李瀧 著；陳彥樺 譯
-- 初版. -- 臺北市：笛藤, 2021.06
　　面；　公分
譯自：대체 뭐하자는 인간이지 싶었다

ISBN 978-957-710-821-0
862.6　　　　　　　　　　110008778

2021年7月23日　初版第一刷　定價340元

作　　　者	李瀧
翻　　　譯	陳彥樺
編　　　輯	江品萱
美 術 設 計	王舒玗
總 編 輯	賴巧凌
編 輯 企 劃	笛藤出版
發 行 所	八方出版股份有限公司
發 行 人	林建仲
地　　　址	台北市中山區長安東路二段171號3樓3室
電　　　話	(02) 2777-3682
傳　　　真	(02) 2777-3672
總 經 銷	聯合發行股份有限公司
地　　　址	新北市新店區寶橋路235巷6弄6號2樓
電　　　話	(02)2917-8022・(02)2917-8042
製 版 廠	造極彩色印刷製版股份有限公司
地　　　址	新北市中和區中山路二段380巷7號1樓
電　　　話	(02)2240-0333・(02)2248-3904
印 刷 廠	皇甫彩藝印刷股份有限公司
地　　　址	新北市中和區中正路988巷10號
電　　　話	(02) 3234-5871
郵 撥 帳 戶	八方出版股份有限公司
郵 撥 帳 號	19809050